구름보다 무거운 말

마이노리티시선 48

구름보다 무거운 말

지은이 리얼리스트 100
펴낸이 조정환
책임운영 신은주
편집부 김정연
표지 디자인 조문영
홍보 김하은
프리뷰 표광소

펴낸곳 도서출판 갈무리 등록일 1994. 3. 3. 등록번호 제17-0161호
인쇄 2016년 12월 31일 발행 2017년 1월 1일
종이 화인페이퍼 인쇄 예원프린팅 제본 은정제책

주소 서울 마포구 동교로 18길 9-13 [서교동 464-56]
전화 02-325-1485 팩스 02-325-1407
website http://galmuri.co.kr e-mail galmuri94@gmail.com

ISBN 978-89-6195-155-5 04810 / 978-89-86114-26-3 (세트)

값 13,000원

이 도서의 국립중앙도서관 출판시도서목록(CIP)은 서지정보유통지원시스템 홈페이지(http://seoji.
nl.go.kr)와 국가자료공동목록시스템(http://www.nl.go.kr/kolisnet)에서 이용하실 수 있습니다. (CIP
제어번호 : CIP2016031240)

구름보다 무거운 말

2017년 리얼리스트 100 시선집

갈무리

차례

도화桃花

도화, 하고 부르면
좋아진다

물큰한 살냄새를 풍기며 애인이
저만치서 다가오는 것만 같고
염문 같고
뜬구름 같은

해서는 안 될 사랑이 있다더냐

농익은 과육의 즙을 흘리며
팔순 노파가 황도를 먹는다
분홍빛 입술 주름이 펼쳐졌다,
오므려지는 사이

공무도하公無渡河
공경도하公竟渡河 *

부르면 또 금방이라도

서러워지는 이름

* 공후인

마두금

초원지대 어느 나라에서는 시신을 매장하고 표시를 하지 않는
풍습이 있다
지하 깊숙이 시신을 묻고, 수백 마리의 말이 달리게 하여 단단히
다져진 흙 위에 어미 낙타와 새끼 낙타를 세운 뒤, 어미가 보는 가운
데 처참하게 새끼의 목을 내리쳤던 것인데
일 년 뒤, 흩뿌려지는 피를 본 어미 낙타만이 그 냄새를 맡으며
온다

끝없는 초원을 한 무리의 사람들이 지나간다
몇 날 며칠을 걷던 그들의 발길이 멈추어버린 곳에서
포효하는 낙타,

대륙을 지배한 칸의 죽음도
살해된 새끼 낙타의 어미를 길잡이로 삼는다

기타 치는 女子

텅 빈 내부의
저 기타는 오랫동안 울었다, 아니다
울지 않는다 나는
손가락을 퉁길 때마다 파닥거리던
쾌감의 운율조차 까마득히 잊어가며
간신히 벽에 기대어 있는 거다
오래된 집
오래된 옷
오래된 가구
그 오랜 것들의 들숨이 이루어 낸 소리를 밀고
적막이 나를 두드린다
때로, 저것들 마주하지 못하고 물구나무 서보면
잊었던 상처가 화끈 살아나
절망의 공동空洞을 퉁기게도 하지
이태 전, 자궁암을 앓을 때 빠져 나온
발아하지 못한 씨앗의 동공,
그는 사내아이였을까
뭉크의 절규 속을 저벅저벅 걷다가
들이댄 메스에 섬뜩 놀란…이후로
줄이 끊긴 나의 기타는 다시 울린 적이 없다
다만 빈 거푸집의 저 기타,

수북이 쌓인 먼지라도 털어 줄까
완강하게 버티던 침묵을 베어내고
텅 비워버린 내부가 소리를 부른다
저 혼자 끓어올라 마악 터지기 직전의
핏빛 엘리지,
서쪽 창으로 붉새가 방안을 넘본다

어떤 자존심

국민학교 산수 시간
칠판 가득 하얗게 문제를 낸 선생님이
회초리를 든 손으로 누구를 시킬까 둘러볼 때
예습이라도 해 간 날에는 고개를 세웠지만
아닌 날에는 그 눈초리 얼마나 피하고 싶었던가

다섯 명이 한 줄로 서서
땀나는 손가락으로 칠판에 얼룩을 만들 때
뒤통수로 날아드는 동무들의 훈수는
도대체 알아들을 수가 없는데 그때 힐끗,
한 번만 뒤를 돌아봤어도 그 회초리
피할 수 있었는데, 그놈의 자존심 때문에

음악 선생이 되어
고등학교 입시에 단골로 출제되던,
어렵기로 이름난 증4도 감5도 음정 문제 만들어 놓고
회초리보다 단단한 미제 드럼 스틱으로
너, 너, 너 나와, 아이들 불러 세웠는데

오선 칠판 앞에 선 아이들은 연신 뒤를 돌아보고
자리에 앉은 아이들은 또한 연신 훈수를 두는데
어떻게든 답이라고 쓴 아이들 다 자리에 들어가도록
미자 그 애, 요지부동으로 혼자 싸우고 있다
그놈의 자존심 때문에

태백에서 만난 그 애 특수교사가 되어
안양 어디에서 절룩이는 아이들과 걸음걸이를 나누고 있다는데
'세월호 진상을 규명하라'는 청와대 요구서에 서명했다가
나란히 검찰로부터 출석요구서를 받는 동지가 되었다
자존심 때문이 아니라 내 탓인 것만 같아서
위로 전화도 격려 문자도 한 통 보내지 못했다

길꽃

이른 봄부터 늦은 가을까지
트랙터와 경운기와 쎄레스가
허리 굽은 농군들을 등에 지고
한숨으로 다지고
농약으로 죽이고
굉음으로 흔들었던 길, 그 길에
꽃이 핀다, 봄이라고
봄꽃이 핀다
꽃다지 냉이 씀바귀
투쟁이란 이런 것이라며
길꽃이 핀다

경첩 각성

새는 날개를 펼쳐야 날 수 있지만
문은 경첩이 접혀야만 비로소 열린다

시절이 더러우니 별걸 다
깨달음이라 우기며 산다

실험의 추억

형은 비글이다
입 안엔 옥시콘틴 냄새가 났다

예전의 반항기는 실종되고
축축한 눈망울만이 까맣게 묻어났다

타액 같은 눈곱은 '매번'을 상기하며
희뿌연 새벽을 견인했다

기계의 굉음은 귀딱지에 붙어
이내 방음 상태다

'똑같이'란 동작이 우리 속에서
희생의 제의로 의심 없이 행해졌다

땀에 부풀은 꿈은 고통에 비례하며
짧게 깎여 나갔다

광기에 찬 주삿바늘은 생을 마취시켰고

형은 여전히 비글이어야 했다

자본의 논리는 단 한 번의 오작동 없이
다음 공정으로 진행되었다

물지도 울지도 못한 그는, 결국
절망의 B등급에서 풀려났다

이미 안락사가 예정되어
버려질 운명을 아슬히 비켜 간 것이다

그 대가는 왼쪽 다리의 깁스로
몇 달간을 덩그렇게 치러내야 했다

그리고 형은 그때 그 기억들을, 지금
한 자 한 자 목발로 오려내고 있는 중이다

* 옥시콘틴 : 암 환자나 만성 통증 환자의 통증을 치료하는 진통제

두 꽃잎을 묻다, 왼쪽 자리에

— 미선이와 효순이를 기억하며

새로운 나라가 잉태되면서, 결국
그 오른쪽 바퀴는 발길질을 시작했어

점령군의 수유에 힘을 더해가며, 무섭게
흙길이든 아스팔트든 거침이 없었지

한때 뜨거웠던 유월의 광장에 숨을 고르고, 다시
어린 두 꽃잎을 차마 붉게 물들였어

길가엔 이미 다녀간 봄들마저, 울컥
흔들리는 지축에 몸서리를 쳤지

또래의 태어남을 축하하려는 고운 마음을, 무참히
학살해버린 건 오른쪽 가장자리였어

악, 저항의 외마디조차 삼켜버리며
거룩한 분노를 푹신한 소파에서 즐겼었지

강산이 한 번 더 바뀐 지금도, 여전히
살을 엘 듯한 굉음은 구르고 있어

하얗게 빛나는 국화 두 송이, 진정
놓여야 할 곳은 바로 여기 서늘한 왼쪽 자리이지

불꽃
— 삶은 계속되어야 한다

만 서른다섯 해가 남긴 발자국 하나,
그 지탱해야 할 무게는
죽음으로 소실점을 찾았다

평화시장 네거리, 한 청년이 불꽃으로 스러졌을 때
그 재로 세상에 작은 불씨를 돋운,
이웃들보다 삼 분의 일밖에 숨을 태울 수 없는,
쪼그라든 폐 속엔 환희와 절망의 유전자가
이미 생을 조종하고 있었다

히로시마의 섬광을 목격한 어미의 모유를 빨며
그해 만세의 콜록거림보다,
가래 같은 전쟁의 공포에 호흡이 가빴던,
자궁에서 함께 유영했던 피붙이는
두 해도 견디지 못하고 별이 되었다

163센티미터 37킬로그램
두 발로 일어서고 걸으면서부터
제 몸을 제대로 가눌 수 없었던,
수십 차례 환자복으로 갈아입어야 했던,
질곡의 뿌리는 기어이 성장을 멈추게 했다

바다가 한 움큼 달려드는 수정동 좁은 방
좀 더 자라기 위한 선언은
슬픈 가계도家系圖를 당당히 그리며,
오 년간의 생을 혹사하며,
아픈 역사의 그물을 기우려 했다

이제 남은 몸속의 마지막 불꽃 하나,
그 연소해야 할 침묵은
결국 삶으로 계속되어야 했다

전지剪枝

나뭇가지를 자른다
김해공장 화단
사다리 위에 걸터 서서
손 든 놈 손 자르고
고개 쳐든 놈 목 자르고
손목 쥔 놈
손 잘라버린다
올해도 삐딱하게 자란 저것들
어김없이 굵어져

이 세상 손 들어야 할 때
손 한 번 못 들어 본
못난 손으로
살기 위해 버둥거리는
나무 목을 친다

우북하게 떨어져
쌓인 가지들
내 형이고 동생이고 결국

내 목인 것을

가을길

이 가을
참 맑고 푸른 하늘입니다
크레인 타고 진주 작업장 가는 길
맑음도 깊으니
절로 눈물이 돕니다

하늘이 너무 깊어 허전했을까
구름 몇 개 띄워 놓고
오늘은
하나님도 한가하게
시를 쓰십니다
저 논둑길 걸으시며
그림도 그리십니다

마냥 좋습니다

연필을 깎는다

수없이 깎고
다듬어 본 사람은 안다
모든 속살은 눈부시다는 것
오랜만에 연필을 깎는다
책상 위 흔해 빠진
연필들 주워 깎는다

칼날에 밀리는 속살
날카로움에 베인
아련한 향기와 추억
내 이제
이 속심을 다듬을 때다

서툰 사람들

날이 풀렸다는 예보에도 겹겹으로 외출하는 습관

겨울이 끝났으나 다음 계절이 없었다
봄은 장롱 안에서 소진돼 가라고 그냥 두었다

보고 싶다는 말
아름답다는 말
미안하다는 말을 들으면
눈물이 나,

나는 기도했지
당신이 잃었으면 (눈을)
당신이 알았으면 (피를)
당신이 앓았으면 (비로소 사월을)

한때는 세상의 모든 병원을 무너뜨릴 꽃이,
꽃이 피고 있다고 믿었지

지금 이곳은 면도날로 저민 꽃잎 같은

모욕만이 무성하나니

울기 싫은데 매일 울기만 하는 사람처럼
죽기 싫은데 완전히 살아 있지는 못하는 환자처럼

고백에 서툴고
생활에 서툴고
셈에 서툰 사람으로 늙어가는 일

상복 입은 목련 나무 아래서
거무죽죽한 부표浮標를 줍는다

여보세요 여보세요
엄마 엄마 엄마…

빈 소라 껍데기 같은 허공에서 들려오는 먼먼 목소리

고양이처럼 잔뜩 몸을 웅크린 이가
비로소 파종하는 한 떨기
봄

시월

우리는 매일 헤어지는 중이에요

대추나무는 대추알과
은행나무는 은행알과

지상의 모든 열매는 눈물방울 같아요
나는 대추나무
나는 은행나무

나는 감물 번진 노을 밑에 홀로 서서요

팔이 떨어져 나간 사람은 팔이 있다는 착각을 하며 내내 살듯이
살 빠진 사람들이 두 개의 영혼을 갖고 살듯이

지난가을 스웨터를 입고
상실감을 상실하는 나무가 되는 꿈을 꾸어요

알아요, 당신?
모든 나무의 눈물주머니 속엔 열매가 살아요

고욤나무의 고요를

자작나무의 한숨을
환희라는 꽃말을 가진 자귀나무의 역설을

빗방울처럼 받아먹는 저녁이에요

다르질링에서 쓰는 엽서

이것은 그러니까 이번 생애 가장 멀리 띄우는 소식
　하관이 긴 벵골 출신의 우체국 직원은 한 달이 걸릴지 몇 달이 걸
릴지 알 수 없다고 손사래를 쳤다

　약속할 수 있다는 것도
　약속할 게 없다는 것도 죄다 유한한 사람의 일

　엽서 속 칸첸중가엔 허기진 밥물 같은 안개가 고여 있다
　이국의 언어를 주소란에 적어 넣는다
　당신과 분배할 빚이 사라져서 지난 이별은 고통스러웠어,
　붉은 꽃과 붉은 불과 무채색의 기도
　시바*를 부르며 푸자** 행렬 속에서 생을 다하는 문맹은 선량할
거야

　구애에 실패한 독수리들이 회오리바람을 몰고 날아오른다
　유서 없는 죽음들이 아침저녁으로 만개한다

　엽서 한 장에 다 쓰지 못할 말도
　엽서 한 장에 다 쓸 수 있는 말도
　내게는 없어서

나마스테, 당신의 이름만 쓰기로 한다

우체국 문을 나서면 기차역 기차역을 지나면 푸른 차밭

차밭을 지나면, 칸첸중가를 지나면, 오늘 밤을 지나면, 내일과 글

피를 지나면……

이상하고 슬픈 돌림노래는 누가 부르는 것인지

검푸른 삼나무 숲을 달리고 달려도

가장 느린 자전거를 타고 나온 여행자처럼

이번 생 우리는 내내 별거 중이다

어떤 편지는 후생에야 닿고

어떤 이는 매일 밤 유실流失되는 꿈을 꿀 것이다

* 시바(Siva) : 파괴자인 동시에 재건자인 힌두교의 신(神).
** 푸자(Puja) : 힌두교의 제사 의식.

봄

흥분이 장착된 문장은
건너편 마음 속에 도달하기 훨씬 전에
밖에서 불발해버린다.

저 사람 왜 폭발하지,
이해도 못한다.

건너편 마음 깊이 은밀하게 파고들어
붙어 있다가
바로 그
순간
펑
폭발하는 속삭임
무섭다

재미없고 힘들 때

철가방 들고 짜장면 배달갔던 건물에
시인들 드나들던 현대시학 사무실
층계에 쌓여진 문학잡지와
쪼그려 앉아 대화 나눴던 소년

눈물은 왜 푸른가
공장 망치로 얻어맞은
시퍼렇게 멍든 눈두덩이를 반사시킨
눈물은 푸르지

중화요리를 졸업한 외톨이
볼트와 너트로 조인 소리들
부서진 문장들 쇠붙이로 용접하여
신동엽 창작상 오장환 문학상을 탔지만
노동자 시인이라는 말을 싫어하는 리얼리스트

힘들 때 재미없을 때
용접쟁이 최종천 형이 보내온 메일을 읽는다.
시대를 논하기 전에 인간을 논하며
영성을 말하기 전에 노동을 선언하는

메일을 펼치자마자 나는
불꽃 튀는 단어들을 용접하고
오토바이에 철가방 싣고
관습과 시대를 횡단하는 폭주족을 흉내낸다.

사랑의 순간

목이 뻑뻑하고
무릎이 뻣뻣하고
분노로 떠는 촛불을 내려보는
별빛으로 반짝이는 아이들
눈에 빗물이 섞이면 진눈깨비

팔십년대 초반에 광장이란 없었다
예술과 시장과 정치가 어우러진 아테네 광장,
그리스인이 경험한 아테네 아고라는 없었다
그저 비싼 연예인들이 춤추는 밀폐된 쇼케이스,
광장은 최루탄과 화염병과 짱돌의 격전장,
박두진 시「우리의 깃발은 내린 것이 아니다」가 써 있는
유인물 한 장 때문에 형사 구둣발로 까인 쪼인트 상처
왜 맞는지도 몰랐던 스무 살의 주민등록증

어제 한겨레신문에서 좌담회를 했다.
2016년 11월 촛불혁명에 참여한 여고생,
2008년 효순 미순 사건에 참여한 이삼십대,
1987년 6월 민주화항쟁에 참여한 사십대,
1980년 광주항쟁 시기를 경험한 오십대,
좌담회에서 한 청년이 불쑥 말했다.

"어른들은 그동안 뭐하셨어요. 어른들이 너무 미워요."

그러지 않아도 미안했는데
직접 들으니 서럽고 서러웠다
학생들에게 아들에게도 떳떳치 못하여
매주 광장에 나가
목감기 달고 미친놈처럼
미안하고 미안해서
깃발 흔들고 홀로 거리에서 외치고
전경 방패에 가슴을 맞대도
거리에서 지낸 빛바랜 흑백사진

한두 사람 모여 구호만 외쳐도 끌려가기에
학생회관 밧줄에 매달려 전단을 뿌리며
목이 찢어져라 독재타도 외쳤던 선배들,
교실에서 쫓겨난 수많은 선생님들,
일자리 잃고 목숨 끊은 노동자들,
데모하다가 연애도 취직도 못해서
반지하 월세방에서 살아가는 친구들,
석방되고 암에 걸려 죽은 홍겸이,
잡풀길 한참 올라가야 있는

스잔한 흥겸이 무덤 생각하면 억울한 것이다.

명동성당 농성 때 컵라면 수십 박스
배달꾼으로 위장해서 나르던 순간,
스티로폼 위에 엎드려 매직으로 대자보 쓰던 순간,
시 쓰고 평론 써야 할 시간에 선언서 썼던 순간,
공부하고 싶었는데 수배당하고 수갑에 채워져
옥에 갇혀 쓰레빠로 맞고 코뼈 부서지던 순간,
사랑하는 여인과 결혼하면 아이를 낳아
자랑할 나라에서 키우고 싶었는데
이게 뭔지 이게 뭔 일인지
빗물에 눈물 섞이면 진눈깨비

늘 십오 분 늦게 극장에 들어간 지각인생,
계약한 원고는 밀리고 밀려 악성원고체불자,
눈물인지 진눈깨비인지
짐승스런 세월 바라보며 눈시울에 진눈깨비
애썼는데 모두 애썼는데
혁명은 아마득히 멀리 은하계에 있을까
진눈깨비일까 눈물일까
울다 지친 등짝 토닥토닥

괜찮아
다들 사랑했잖아
계속 사랑하는 거야
혁명이 싹트면 쓰린 거야
모든 죽어가는 별빛 살리려
모두 사랑하는 순간이었던 거야

구례 사람들 눈빛은

지리산을 우러르지 않을 수 없는
구례에 와서 밤하늘 바라보면
구례에는 별이 두 개 더 있다

마을 가까이 내려서고 싶은 모양으로
시암재와 노고단에서 빛나는 두 별

그 하나의 별빛은
산으로 쫓겨 가야 했던 사람들의 맑은 눈빛이고
또 하나의 별빛은
돌아오지 못하고 잠든 사람들의 깊은 눈빛이다

그 두 별을 가슴에 품어서일까,
구례 사람들 눈빛은
유난히 맑고 깊은 그 별빛을 닮아 있다

섬진강으로의 초대

힘들고 지칠 때 훌쩍 섬진강으로 흘러오세요.

일없이 강가에 앉아 강물에 떠가는 봄꽃잎을 보거나
더위에 지칠 땐 송림 모래밭의 여름 재첩을 잡거나
저물녘 강을 거슬러 오르는 가을 숭어떼을 보거나
겨울 갈대숲에서 숨바꼭질 하는 붉은발말똥게를 따라다니다 보
면
그만 그대 설움 잊게 될 것이니

시간이 없어 아직 섬진강에 오지 못했다고 걱정하지 마세요
언제까지 푸른빛으로 기다려줄 테니

구례장날

세 장쨋가 네 장쨋가 모리것는디 장날마다 비가 와불구만
애는 타지만 으쩔꺼여 비 맞응게 요리 들어와 홍합 오천 원어치
만 사갔고 가 내가 들고 가도 못헐만치 줘불랑게

입심도 인심도 걸다 삼팔광땡 구례장날

퇴적층

화장터 공용 산골장散骨場
한 남자의 뼛가루 위에
한 아이의 뼛가루가 얹혀졌다

세 살이 되도록 걷지 못했던 아이는
신발 신어보기를 좋아했으나
병원 內 감염으로 죽었고

집도 식구도 가져보지 못한
낙엽 같은 남자는
회사 택시를 몰고 떠돌다
교통사고로 죽었다

두 사람이 소각되어 날아간 허공은
무거워지지도 가벼워지지도 않았다

화장터 앞 주유소 입구엔
풍선 허수아비가
허리를 굽혔다 펴며

혼자 놀고 있었다

부표의 집

갯바람에 그을린 사람들이
흘러다니던 시장골목에
페인트가 벗겨진 성냥갑 같던 집

여자는 쪽찐 시어미와
꼬추를 딸랑거리며
선창가를 뛰어다니던 아들과 살았네

아들이 바다에 빠져 죽던 날 밤
식어버린 아이를 윗목에 눕혀 놓은 채
바닷속처럼 조용하던 집
유리창에 가득 어둠이 무겁던 집

얼굴이 퉁퉁 불어 동그래진 여자는
시장 귀퉁이에 앉아
살이 찬 고등어를 어루만지고는 했었지

지금은 금 간 유리창 너머로
파래자국 얼룩진 부표들만
올망졸망한 집

낡은 시장골목에 나와 앉아
늙은 볕을 쬐고 있는

습
— 놀다

제 안에 든 움직임을 펴보며
새끼고양이가 논다
저를 배우고 있다
수십만 년의 시간을 거슬러 갔다 돌아와
고양이는 고양이가 된다

아장 아기가 걷는다
넘어지고 또 넘어져도 다시 일어나는
저 걸음을 위해
얼마나 많은 무릎들이 다쳐왔던가

둥근 뼈는 축적된 상처
우릴 걷게 하고 춤추게 하는 힘
아장 아기가 걷는다
단단해진 상처 위에서 아기가 놀고 있다

우물 밖의 하느님 보기

하느님, 내 안에서 하느님을 제거해 주십시오. 내 경험과 인식에 갇힌 하느님을 죽여주십시오. 그 하느님은 욕망으로 가득한 내가 만든 우상입니다. 파괴해 주십시오. 내가 이해하는 하느님은 티끌에 지나지 않습니다. 그것을 하느님의 총체라고 맹신하는, 무지하고 교만한 협심狹心을 도려내 주십시오. 내 눈에 들러붙은 그 티끌마저 빼내주십시오. 그래야 명경 같은 마음으로, 사람 너머 온전한 하느님을 바라볼 수 있습니다. 존재를 무조건 사랑하는, 불가능한 사랑을 감히 꿈꿀 수 있습니다.

무지개기

나는 빨간 안경을,
너는 파란 안경을 끼고 있다
시각과 생각과 성격과 얼굴과 취향이 달라서
아니, 하느님이 선물한 본능이 달라서
나는 파란 안경을,
너는 빨간 안경을 껴본 적이 없다

그런데도,
네 안경은 왜 파란 거냐고 내가,
내 안경은 왜 빨간 거냐고 네가
묻거나 따지지 않고, 있는 그대로 상대방을 인정만 해도
우리는 괜찮은 진보주의자들이다

한 걸음 더 나가
'내 안경과 네 안경을 바꿔 써보자. 내가, 네가 어떻게 보이니?' 하
고
서로 다른 처지를 들여다보고 공감한다면
세상은 무르익은 감, 단풍 든 산이 될 것이고
그 위로 비둘기가 펄럭펄럭 깃들을 것이다
약자, 소수자, 우리 모두에게

민들레 씨앗에게

옹색하지만, 아무도 탓하지 말거라
거센 찬바람에 흩날리다 부딪힌,
못과 사금파리가 즐비하게 꽂힌 벽돌담
금이 간 틈에 다리같이 뿌리내리고
싹틔워 보거라
꽃피워 보거라
되레, 바람에게 고운 향기를 뿜어 보거라
웅달진 그곳에도 볕 들 때가 있고
나비가 찾아올 날 있으리라
밤하늘에 뜬 별들처럼
나비가 네 자손을 빛나게 피우리라
바람이 널리 번성하게 하리라

너처럼 나도
지금 여기서 시작해 보리라

좌광우도

외길로 뚫린 마래터널을 지나
만성리까지 무사히 가려면
몇 번쯤은 오른쪽으로 비켜설 줄 아는 게 요령이다.

굴 밖 비렁에는 요령 없이 터널을 빠져나가다
무지막지한 손가락 총에 맥없이 수장된
수많은 통곡소리가 아직 파도치고
태풍이 쓸고 간 만성리횟집은 밤이 돼도 컴컴하다

활어통 바닥에 납작 엎드렸던 광어 도다리들이
순환 모터가 멈춰선 수조를 뛰쳐나와
땅바닥에 온통 널브러진 횟집 앞에서
구경꾼의 논란이 우왕좌왕하고 있다
왼쪽으로 눈이 쏠려 있으면 광어고
오른쪽으로 쏠려 있으면 도다리라며
광어와 도다리의 구분법을 잘 안다는 자
오늘도 그자의 높은 목청 아래
함부로 분별해선 안 될 슬픈 과거사가
또 한 번 들춰지고 뒤집어진다.

좌우지간은 손만 내밀면 가장 가까운 거리다
팽팽히 맞서서 보이는 것이 좌광우도라면
서로의 어깨를 한번 다정히 감싸보자
그러면 금세 우광좌도로 바뀌고 만다.

그렇다, 어느 바다에서 어떻게 살았던지
광어는 본래부터 광어였고
도다리도 그냥 도다리였을 뿐이다.

겨울밥상

여수 수산물특화시장
두 평 반 죄대를 새벽부터 펼쳐놓고
한 발자국도 뒷걸음치지 않겠노라
목 긴 장화발로 완강히 버텨보지만
갱물은 짜고 겨울바람은 맵다
삼천 원짜리 시장 밥 두 끼 사 먹고
지세니 물세니 전기세 구전 피 다 떨고 나니
미역귀같이 남은 지전 몇 장
그것이라도
구들장 밑에 부려놓은 날엔
통통하게 불고 언 비릿한 가슴
김칫국 한 사발에도
금세, 바알갛게 풀어진다.

시클라멘

가난은 벽이 진화한 것일까
아침 밥상에 오른 미역국을 먹고도 짐짓 모르는 체
하루 종일 눈치만 쌓다가 꽃집에 들렀다
장미를 사려 하니 어느새 40,
나이 수에 맞추려니 너무 비싸고
시클라멘, 빨간 분 하나가 8천 원 하는데 7천 원에 가져가란다
꾸깃꾸깃 만 원을 내고 3천 원을, 꽃 화분을,
두 손으로 얼른 받아들고 나서려는데
"이 꽃은 절대 위에서 물 주지 말아요,
햇볕 잘 드는 곳에 둬야 오래 살아요"
저녁참이 다 돼서야 슬몃, 아내 곁에 놓아둔다

한 번도 햇살 받지 못한 그늘진 곳에서도
속절없이 발갛게 피어오르는
저, 코끝 시큰하게 아내 닮은 꽃!

성주군청 앞마당에서

요래요래, 목욕탕 가방 딱 열고, 돗자리 척 깔고, 물통 탁 내놓고, 머리띠 떡 내고, 딱 짜매면 준비 끝이다카이. 할매요, 참말로 전문 시위꾼 다 됐네예, 어찌 머리띠를 그라고 잘 묶는겨? 이골났다 아이가, 살아 바라, 머리 짜맬 일이 얼매나 많은고.

저 바라, 찍는 거, 저거 온데 방송 다 나간단다. 그라믄 화장 좀 해 가 나와야겠데이. 깜깜한데 비나? 화장 안 해도 된다. 소리나 크게 지르면 된다. "가족은 가족이다 사드 때문에 헤어지지 말자!"

옮겼다매? 거그도 성주잖아. 그기 환영한다꼬 기자회견도 하고 했단다. 그 새끼 빙신 아이가, 그기 뭐 정신이 제대로 박혔나? 여서 싫다 했는데 거그서는 좋다 한다꼬? 내 싫은 거 옆집에 줘놓고 좋다 한데이. 이놈의 시끼 인간이 되나? 다 끄집어내려야 헌다, 그런 새끼들은.

그라고 사드가 좋으면 저거 조상 묘 앞에 세우든가, 청와대로 갖고 가서 지 혼자 끌어안고 죽든가. 고마 살던 대로 살게 지발 좀 냅 두라. "이웃은 이웃이다 사드 때문에 갈라서지 말자!"

조 만데이 요 만데이 양쪽 질만 막으면 사드는 못 간데이. 그래도 갈라카만 고만 내가 질에 들누불끼다. 이럴 줄 알고 뽑았겠나? 아고, 내사 마, 찍은 손가락 깔아 뽀사뿔고 싶다.

사드 들오게 해 주면 지하철도 주고 공항도 맹글어준다 카던데. 그라믄 참외밭에 뱅기 타고 가까? 입 꿰매부릴라, 그기 암까무구인지 숫까마구인지 알기 머고. "참외 사 먹겠다 헛소리 말고 사드배치 참회해라!"

떡도 주제, 감빵도 주제, 노래도 하제, 머라 외치쌌제, 얼매나 재밌노? 집이 있으믄 깜깜하니 혼차 테리비만 보고 심심한데 여그 나오니 얼매나 좋노. 야야 떡도 참말로 맛있데이, 날매다 일곱 가매나 한단다. 살 값이 개사료 값만 모 하다 아이가, 참말로 개누리라 카이.

쟈덜은 육교사변도 안 겪어 밨나? 하늘 땅 어데를 바라, 무기 갖꼬 평화 지키는 디가 어딨다꼬, 참말로 골치 아프데이. 야야 살아 바라, 머리 짜맬 일이 얼매나 많은고. "내사 딴 기는 모리겠고 끝까지 투쟁이데이!"

모른다

― 삼례 나라슈퍼 3인조

임명선(37세)

나는 여태껏 누구두 때려본 적이 없다. 집에서는 아버지, 학교에서는 친구들에게 맞았고, 경찰관에겐 경찰봉으로, 교도소에선 수감자들에게 맞았다. 나는 어릴 때 술 취한 아버지를 피해 여동생들과 도망 다녔다. 폐가나 다리 밑이 우리집보다 좋았다. 아버지가 아침에도 술을 마실 땐 책가방 없이 학교에 갔다. 친구들이 놀려 거리를 배회했다. 20살에 살인죄로 내가 체포되었을 때, 아버지는 중환자실에 있었고 정신질환을 앓던 어머니는 내가 몇 년 형을 언제 선고받았는지 모른다.

강인구(36세)

왼팔에 장애가 있던 엄마는 노점에서 과일을 팔았다. 아버지는 술에 취하면 엄마를 괴롭혔다. 일곱 살 때다. 아파서 괴롭게 누워 있던 엄마가 흰 종이에 뭔가를 써서 나한테 주었다. 나는 신나게 가게로 달려가 쪽지를 내밀었다. 내가 사 온 것을 입에 털어 넣은 엄마 입에서 자꾸만 하얀 게 나왔다. 뽀글뽀글 나오는 거품을 옷소매로 닦아주며 나는 어머니 품에서 잠들었다. 어머니가 날 끌어안고 잔 그날은 내 생애 가장 행복한 날이었다. 10만 원짜리 월세방에서, 이상한 약을 사다 줘 엄마가 죽었다며, 아버지는 없는 엄마 대신 나를 쥐어박았다. 나는 19살에 살인범이 됐다. 세상은 아버지를 지적 장애인이라 부른다. 나도 똑같다고 한다. 아버지처럼 나도 한글을 모른다. 조서도 진술서도 모르고 읽을 줄도 쓸 줄도 모른다.

최대열(36세)

하반신 마비 1급 장애인 어머니와 척추장애 5급 장애인인 아버지 대신 나는 일찍부터 가장 노릇을 했다. 누나는 중학교 졸업하고 19살에 시집갔다. 나는 지적장애라 읽고 쓸 줄 모르지만 동생만큼은 공부시켜 주고 싶었다. 어린 동생과 부모님을 돌보며 중학교를 졸업한 나는 매형이 다니는 공사판에서 일하던 중 경찰한테 끌려갔다. 부모님도 돌봐야 하고, 돈 벌어 집도 사야 하고, 동생 학교도 보내야하는데⋯나 없는 동안 식구들이 어찌 살까 그것만 걱정됐다. 아무것도 모르고 시키는 대로 불었다.

* 1999년 2월 6일 오전 4시쯤 전북 완주군 삼례읍 나라슈퍼에 침입해, 할머니 유모 씨(당시 76세)의 입을 테이프로 막고 숨지게 했다는 이유로, 세 명은 징역을 선고받고 복역을 마쳤다. 이들은 2015년 3월 "경찰의 강압수사 때문에 허위자백을 했다"며 재심을 청구했다. 부실, 조작 수사 의혹이 계속 있어 온 이 사건에 대해, 재판부는 삼례 3인조가 처벌을 받았지만, 2016년 3월, 이 모(48) 씨가 자신이 진범이라며 용서를 구한 데다, 유족이 촬영한 경찰 현장검증 영상 등을 토대로 무죄로 인정할 만하다고 판단해 재심을 결정했으며, 2016년 10월에 무죄 판결을 내렸다.

종이 새

여자가 오르던 계단 맨 끝에 제단祭壇이 있었다
제상祭床을 든 여자 몸이 기일게 가늘어지더니
머리만 남긴 채 제단 아래로 꺼졌다 열린 두개골 천장에서
튀어나온 종이 새가 창밖으로 날아갔다
흰 깃발 켜켜이 매달은 새
흰 젖 같은 울음
한 방울 묻지 않았다

아들 하나 데리고 여젓것 힘들게 살아왔지요. 힘을 아끼지 안아
습니다. 현장 갈이직 식은대로 군소리 하지안고 칠냄새 톡톡 쏠 정
도로 머리 심저 구토할 정도로 술 안먹어도 취할정도 엿지요. 돈이
머냐 돈이머냐 하면서 열심히 햇지요. 시간도 갈이직 식긴대로 12시
간 하라면 12시간 하고 철야 하라면 하고 특근 하라면 하고 사람이
딸리면 새깡작업도 햇습니다. 사시미 칼보다 날가론 기계로 나무도
짤랏지요. 서름움 서름운 남몰에 울게도 햇답니다······

삐뚤삐뚤 여자의 육필 편지
철커덩 철커덩
육중한 톱니바퀴 속으로 들어간다

얼비치는 청동 달빛 아래

얼굴 없는 귀신들
죽은 자 앞에 바쳐진 긴 긴 노동
종이 새는 날아갔다, 갔다,
어디로,
아무도 묻지 않는다

친절한 자원봉사자들이 아이의 입을 봉하고 있다

뽑힌 발톱이 다시 자라고 있다. 층층이 쌓인 고철더미 사이, 삭제된 요일이 흘러다니고 있다. 아이가 멍든 눈을 찡긋하자 쓰러진 의자가 벌떡 일어서고

그분들은 언제고 성지순례를 떠날 요량이었대.
그분들은 언제고 성지순례를 버릴 예정이었대.

파수견에게 물어 뜯김. 지하철 선로로 떠밀림. 기억나거나 박살나거나. 깨진 스피커는 기우제의 풍악을 연주하고 있다. 작열하는 태양. 끓어오르는 변기. 모로 누운 아이가 기르던 염소를 부르고 있다. 작업대 밑에는 몽둥이를 든 그분들이. 차례차례 쓰러지는 염소들이. 장갑 낀 손들이 우두둑 아이의 굽은 다리를 펼치고 있다. 방금 전까지 국경 지대의 모래 폭풍 속을 가로지르고 있었는데. 눈처럼 새하얀 염소를 업고 폭염의 반대편으로 절룩절룩 나아가고 있었는데. 몇 발의 총성. 세계의 찢김. 아저씨, 은쟁반 위에서 녹아내리는 저 살덩어리는 뭐죠? 무슨 냄새가 이렇게 향기롭죠? 달궈진 펜치가 아이의 발바닥에서 대못을 뽑고 있다. 뜨거운 전류가 솟구치고 있

다. 사방에서 터져 나오는 탄식. 포장지를 씌우면 모든 생이 다 똑같아지나요?

프롤레타리아의 혀

　기억 한쪽이 푹 꺼진다 텅 빈 눈동자 속으로 달려드는 녹슬고 휘어지고 서늘한, 우리는 이제 막 완성되었고 수치심은 공기보다 가볍다 뒤엉킨 허공을 주파하는 경동맥 헐떡이며 주저앉는 에스컬레이터 계집애들은 왜 굴다리 밑에서 면도날을 씹나 작은 불씨에도 순식간에 화염에 휩싸이는 몸뚱이들 진동하는 노린내 칼바람은 왜 불시에 불어닥치나 밤의 잿더미 속에서 난자당한 태양을 끄집어내라 살점까지 싹싹 긁어내라 발광한 개들은 몰려나온다 불결한 거리에서 불타는 광장으로 뿌려진 핏자국 핥아 먹으며 어떤 어둠은 노을보다 비리다 막다른 골목에서 불쑥 튀어나오는 번들거리고 까뒤집힌 흰자위의, 우리는 이제 막 시작되었고 어디선가 밤새 저항하던 목은 찰나에 툭 꺾이고 망치로 당신을 내리친다 한 치의 망설임도 없이

나쓰메 소세키의 귀

살금살금 다가가요
작은 인기척에도
순식간에 날아가 버리니까요

지금 숙모님 것을 슬쩍해볼까요

숙모님은 침대에 누워 낮잠에 드시고
서늘한 이마에 드리워진
그림자가 투명해질 때까지
턱을 괴고 기다려볼까요
아무도 몰래 활짝 펼쳐지는
일생에 딱 한 번

서러워지면 주먹을 쥐어볼까요
그럼 지나간 입김들이 파닥거리며
곱은 손을 따뜻하게 덥혀 줄까요
오직 침묵을 듣기 위해 펼쳐지는
눈부시게 새하얀

할머님의 형수님의 죽은 누님의

숙모님의 것을 집어 올리자
흉측한 무늬들이 흘러내려요
손은 이번에도
비명 지르며 활활 타오르는 것을 그만 놓아버릴까요

걱정 말아요
조심조심 다가갈게요
어떠한 인기척도 없이

허물어지는 것

지축동 택지개발지구
허물어져 평평해진 땅 위에
철거되다 만 시멘트 담장이
덩그렇게 서서
겨울바람을 맞고 있다

평평해진다는 건
쌓인 것들이 허물어진다는 것이지만
지축동 택지개발지구엔
겨우 쌓인 것들만 허물어진다

허물어진 폐허 속에서
안과 밖을 나누지 못하고
쓸모없어진 담장에
겨울바람을 맞아 거칠어진 감나무가
몸을 기대고 같이 서 있다

어쩌면 저렇게 쓸모없어진 곳에서 다시
하나의 쓸모없는 다른 세상이

시작되는 것이리라

그러나

눈은 어둠 속에서
어둠을 흔들고 지나가는 바람 속에서
당신과 나를 오가는 말 속에서 내리고
내 흠 많은 영혼을 거쳐
나의 시 속에 내린다

그러나
나는 눈의 말을
당신의 말을
그 말의 색깔을
리듬을
의미를
얼마나 알 수 있을까

그러나
말이 의미가 아니라
하나의 사물이라면
뿌리 내리고 자라고 딱딱하게 굳은
검은 씨앗을 떨어뜨리는
어떤 것이라면

그러나
언제나 나를 뿌리부터 흔드는
어둠을 들여다보는 것이
괴물이라면 내가
스스로를 드러내는 말을 생산하는
하나의 기계라면

그러나
그 괴물이 내 베개 밑에서
내 악몽을 먹고 자랐다면
……

내가 모르는 것에도
책임은 내게 있다

의자노인

해가 저물어 가는 지축역 승강장에서 한 노인이
낮술 기운에 붉어진 얼굴로 야구 모자를 삐딱하게 쓴 채
황토색 페인트칠이 된 기다란 의자에 앉아 졸고 있다

누런 저녁 빛이 고집스레 직진만 하다가
졸면서 의자가 된 노인에게 걸려
더 나아가지 못한다

멀리서 북한산이
잠 속에서 의자가 된 노인을 바라본다
노인과 의자가 겹쳐져 의자노인이 된다

어떤 사람은 피리를 불며
북한산이 되고 싶다고 했지만
노인은 피리를 불지 않고도
쉽게 길에서 잠들어 의자가 된다
저 노인에게 길에서 잠들지 않고도
언젠가 사랑하는 여인이었다가
그녀가 부르는 노래였다가
감은 눈 속에서도 타오르는 태양이기도 한 때가
있었을까

햇빛이 기운 저녁에
쉽게 의자가 된 노인은 의자에서 졸고
나는 북한산이나 의자가 된다는 것이 무엇인지
의자가 된 노인 옆에 앉아서 생각해본다

아무도 마음속에 무엇이 들었는지 모르지만
온기 없는 저녁 햇빛은 의자가 된 노인을 비춘다
햇빛이 저렇게 직진만 하는 것은
노인의 마음속을 비추고 싶지 않기 때문일지도
모르겠다

금방 해가 지고 사방이 어둠에 묻힌다
의자가 된 노인이 묻히는 어둠은
아무도 눈치 채지 못하겠지만
어제와는 다른 어둠이 되리라

어떤 입술

들어갈 수 없는 문이 있었네
골목의 지퍼를 잠그고
조용한 밤이 걸어가네

문을 열어줄래?

방 안엔 오래된 그림들이
집을 나간 애인을 기다리듯
벽 속의 시간은 고요히

그림자의 언어는 모두 지나간 말
벽 속에서 문장을 만들고
다시 짓는 빈집

기억이 할퀸 손톱은 돌 틈에서
풀잎의 푸른 입술로

또다시, 파르르
발음하는 어떤 입술

비밀의 혀를 숨기고서.

푸른 여자

고공 강하하는 해고 노동자의 목숨 하나
깨진 소주 한 병 바닥에 스며든다
허공의 날갯죽지 되기 위하여
잠시 외로워지기 위하여
솔직하게 흩어지는 하얀 눈물

지금을 밤이라고 부르자
현실적으로 두 눈을 감는 날카로운 꿈
두개골의 운율로 호흡하는 유리 조각
조명을 끄세요
허공의 커튼도 내리세요
침실의 풀잎들 옷을 벗고 있다

공회전하는 모터의 신음
목장갑 속 구멍의 얼굴 붉게 발기하고 있다
푸른 여자를 물끄러미 바라보네
이봐요 어깨를 빌려드릴까요
베란다를 조심하세요

붉은 색연필로 지운 눈썹의 여자
헤어지는 걸음으로 거리를 개척하고 있다

서쪽

불편한 어제를 지우고 지금 떠나고 있다
불친절한 구름 사라지고
담배연기 바닥을 포격하고 있다
해어진 신발들 흩어지는
연도를 따라 웃음을 만난다

질척거리는 이 거리는 누가 웃고 갔나
정오와 헤어진 잃어버린 얼굴이
방금 전의 웃음으로 지나갔다

하나의 풍경을 위해 새는
햇볕을 조금씩 찢어 먹고 있다

우리 동네는 어디서 살고 있나
겨울의 눈사람 건축된 이곳 늦은 봄으로

계절이 사라지고

서쪽의 열쇠를 잃어버렸다

너의 말 안에 잊어버린 얼굴이 살고 있다

들풀 밟히고 가지 끝 춤추는 벌레와
다른 웃음으로 우는 나무들

기억의 얼굴들 살고 있는 그림자 안의 세상
낯선 말이 낯익은 얼굴로
이상한 계절의 열매를 따 먹고
쓰러져 나간 생의 굳은살들
서쪽의 에덴 죽은 씨앗 꿈틀거리고 있다

옆구리 속으로 깊게 침투하는
칼날의 하얀 손

다시 시작해

모든 절망이 멈춘다

웃는 종이

벽지가 마르며 다 떨어졌다
딸아이의 방만큼은 울지 않게 해주려고
우는 종이를 꾹꾹 눌러주며 종일 애써 붙였는데
아침에 일어나보니 분홍색 종이이불을
덮고 있었다

마르며 울며 떨어지는 벽지를 보며
식구들은 일제히 웃기 시작했다
우는 종이가 웃는 종이가 되어 버렸다
웃음이라는 낙법이,
비상보다는 낙법이 우리의 기술이었나

실수하지 않으려고,
덜 서운한 사람이 되려고,
실패로나 웃긴 사람이 되려고,
사는 것도 골계미가 될 수 있으려나

풀 먹어 잘 구겨지지 않는 벽지를 접었다
종이배처럼 접혀지는 웃는 종이

거슬러온 샛강은 멀리 있었지만
젖었으나 해체되지 않는
불굴의 종이

브라더 미싱

늙은 부부가 한 몸으로 사는 일을
바짓단 줄이는 일을 구경하였다
서로 퉁바리도 주며 손을 모아 사이좋게
내 다리를 줄여주는 일을

여자는 실밥을 풀고 남자는 박으며
풀며 박으며 이으며 다리며 가는
황혼의 동사를 구경하였다

등 뒤에 카세트를 틀어놓고
배경음악의 주연으로서 늙어가는 일을

저이의 한때가 등뼈 마디마디에
음각과 양각으로서 살 없는 활로서
시위를 버티는 삶의 탄성을
늘 등을 굽히는 노동을
제 몸을 표적으로 박는 노동을

저이들의 솔기를 다시 뜯어 다시 옷을 짓는다면
어떤 누에가 되어 푸른 실을 쏟을까

브라더 미싱,
부부가 형제가 되도록
늙는 일이여
달팽이처럼 느려터진 밥벌이여

삼천 원 받는 바짓단 줄이기가 이십 분 만에 끝났다
공손히 줄어든 몸을 받았다

변검 變臉

깡마른 사내는 병색이 짙어 보였다
어떤 음식 냄새도 없는 소주 냄새를 풍기며
은근히 다가와 기계에 대해 아는 체를 한다
소심한 어투로 분해 직전일 것 같은 이력을
소음처럼 주절거린다
먼지 낀 땀은 눈알을 시리게 긁는데
그때가 눈이 가장 잘 보일 때
그가 제 생애를 다 말하기 전에
그의 파편을 알 것 같다
그는 마술같이 오래 살지 못할 것이다
폭염주의보에 기계실 온도는 40도를 웃돌았다
그의 아내는 보리차를 내왔다
연이어 그들의 아들로 보이는 말쑥한 청년이
싱긋 웃으며 아이스바도 먹으란다
이름도 아맛나였다, 나는 아맛나! 입꼬리로 웃으며
찬 것을 따뜻하게 먹는 여름밤
차차 땀이 가셨고 일도 실마리가 보이는 듯했다
잠깐 궁상스러웠던 내 아버지도 보았고
다시 어떤 의연하고 친절한 얼굴들이 나타나
아버지의 피폐한 얼굴을 바꾸는 것도 보았다
조금씩 살이 붙고 술 냄새가 가시는 아버지

바튼 숨을 그치고 씩씩하게 계단을 뛰어 내려가는 아버지
땀은 끝끝내 가면이 될 수 있을까
지금보다 훨씬 궁끕한 몰골로 당신에게 말을
걸고 싶을 때가 올 것이다
그리이스가 마른 베어링처럼
제 뼈가 제 고관절을 깎아먹으며
땀조차 나지 않을 늙은 몸 하나가 걸어와
외롭게 말을 걸어볼 때가
그때까지 믿어보려는 것이다
땀이라는 오래된 가면과 연민을

참 좋은 날

은행잎이 11월 그늘을 끌어들이자 사그락사그락 햇살이 궁글리
는 길 위로 진눈깨비 날렸다 벼 바심 끝난 논바닥에 내려앉은 구름
이 웅덩이 속에서 흘렀고 서리 맞은 호박잎이 밭머리에 누렇게 스러
져가는 갈바람을 흔들었다 발자국으로 내려놓은 이파리로 번진 노
을 가슴에 담아놓고 가도 좋은 것을 이파리 진 벚나무 그늘이 깊어
서 쓸쓸함이 딱새 발가락 한줌으로 흔들린다 나를 스치는 것들이
햇살에 부딪쳐 스러지는 날 아우, 저승 길 걷기에 참 좋은 날

어느 날 문득

그런 집이 있지, 딸은 중증 뇌성마비 환자로 이십오 년을 살다가 호흡 곤란으로 저승으로 가고 부부는 이혼하고 하나 있는 아들은 신 내림을 받아야 한다는 말에 아버지는 방법이 없을까 용하다는 점쟁이 찾아다니다가 아들 대신 아버지가 신 내림을 받아야 한다기에 작두 위에 서서 공수부대 특전사의 서슬 퍼렇던 눈동자 가득 토란잎에 뒹구는 물방울 같은 눈물이 작두 날에 뚝뚝 베어졌다는데 아버지는 전국을 떠돌아다니는 점쟁이가 됐고 아들은…… 정말, 잘 지내고 있을까 어느 날 문득, 엄니를 찾아와 내게 가슴에 담아둔 큰 상처가 있어 시집을 가지 않는 거라며 다듬잇방망이로 가슴 탕, 탕 쳐대고 떠났다는데 가끔 무슨 상처가 있느냐고 묻는다 사내 한 마디에 에돌아 갈 수 없는 그곳으로 나를 자꾸 보내고 있다

리어카의 무게

리어카 바퀴가 주저앉았다
켜켜이 쌓인 주름살 같은 상자가
안간힘을 다해 도로 한복판에서 벗어나려 한다
늘 벗어나려 했던 것들로부터
벗어날 수 없었던 바퀴의 그늘
끌어도 끌어지지 않는 상자의 무게로
길바닥에 주저앉아 한나절 그늘을 받아낸다
풀 수그리고 앉았던 자리에
늙은 그림자는 꼼짝을 하지 않는데
홑겹의 낡은 옷이 휘청거리며
거리를 밀고 간다
묵묵히 바닥만 내려다보던
늙은 그림자가
스러지지 않고 어제도 오늘도
그 자리에 앉아 있다

전구를 갈아 끼우면서

스위치를 몇 번 올렸다 내려도
유리막 안은 적막하다

두 손으로 어루만져보아도 한 번
끊어진 필라멘트는 울먹거릴 힘조차 없는지
뜨겁던 날들을 거부한다
나는 어둠이 싫은데,
그 안에 웅크리고 있는 소식은 더더욱

이를 악물고 뒤돌아선 탓일까
제힘을 억누르지 못한 탓일까

환한 배경을 돌려주지 않는다
돌려주지 않았으므로
대화는 단절되어 검게 풀어지다가
슬그머니 자리를 뜬다

이런 어둠 속에서
모든 물음은 쓸모없는 법

불행은 무뚝뚝한 날씨처럼 섬뜩하다

나는 의자 위에서 몇 번 중심을 잃기는 했지만 결국
전구를 갈아 끼웠다
(이제 알전구는 더 이상 팔지 않는다)
모서리들이 살아나고
몸 안에 깃들이던 소름 끼치는 그림자도 걷혔다
불빛을 가진다는 것
한참 동안 서먹서먹하다

상가주택 수난사

상가 일 층에 자리한 정육점 미용실 술집을 가끔 드나듭니다 주인들도 나를 알고 있지요 곧 단골이 될 거니까요 이 층에는 태권도장이 있는데요 관장과 마주칠 때 눈인사를 나누는 사이가 되었습니다 가끔 계단에 있는 화분에 물을 주기도 합니다 참 빠트린 게 있네요 지하는 피시방이 망하고 커다란 트램펄린을 설치해놓았는데요 곰팡이 때문에 오픈이 미뤄지고 있나 봅니다 낡고 오래된 상가주택 외벽은 웃풍을 막지 못하고 그대로 건물 안으로 들어와서는 자리를 잡고 누워 있습니다 기다란 볼트들은 쥐고 있던 간판을 놓아버릴 듯 위태롭고요 망해버린 토마토 피시방 간판도 아직 그대로 매달려 있습니다 아 말씀드리지 못한 게 있는데요

제가 살고 있는 집은 상가주택 삼층입니다

안전 불감증

재작년 장맛비에 뿌리가 끌어안고 있던 바위가 들썩이더니 작년 태풍이 들린 바위 쪽으로 파고들어 몸통이 기울었다 간신히 버티며 허공을 짚고 있지만 뒤틀린 각도 따위에 신경 쓰는 이는 아무도 없었다 트럭을 따라 트랙터가 지나가고 사람 뒤를 개들이 따라갔다 들판은 무심하게 계절을 놓아기르고 올봄 언 땅이 풀리면서 느티나무가 쓰러졌다

마음을 놓는 순간부터 모든 하중이 얹혀진다
눈에 익은 형태는 위험을 숨기면서
감각을 무뎌지게 한다
무수한 예감이 한 점으로 만나 사방으로
냄새를 풍기지만
삶 안쪽 어느 부위가 접혀지는지 그리고
핏물의 기운이 엄습해오는지

살이 뭉개질 때까지 절대
귀띔해 주지 않는다
위험을 익숙하게 하고 은근슬쩍
관심 밖으로 밀려 보낸 어느 날,
뚜벅뚜벅 걸어 들어와 눈앞에 서고
그제서야 비참한 광경을 목도한다

폐허는 만들어지는 것이다
폐암처럼,
수습할 수 없는 물음들
절박한 시간이 물음을 데리고 온다

흑매 지다

'지다'는 '이기다'를 생각하는 것이 아니라, 져주는 것이 아니라 그
냥 푹, 지는 것

두 손을 등 뒤로 묶인 채 발갛게 떨어지다가 벌겋게 흩어지다가
발강에 벌겅을 도장밥처럼 몇 번씩 꾹, 꾹, 눌러 찍으면서 흑매 흑매
흑매 흑매흑매흑매 하고 우는 듯, 천지사방 소리 없이 소리 없이 내
려오는 저 매화창晩은 만가輓歌인 듯 아니고, 송가頌歌인 듯 또 아니
고, 두 대목이 어느새 한 목청으로 만나, 두 손을 등 뒤로 묶고 벌겅
속마음에 발강을 한 겹 한 겹 더 기워 입으면서, 흑매흑매흑매 하고
피는 듯 피는 듯 영영 져버리는 것

달빛 받아 놓은 논물 안으로 줄줄이 후르르륵 따라 들어가는 흑
매흑매흑매의 긴 소리의 새끼들

몽유행성도

어느 날 내가 다녀온 그곳은

여학생들이 자전거에 내리자 돌에다 물을 주네. 도시에서 멀어진 돌일수록 낙심의 빙질이 단단해 책가방에서 꺼낸 텀블러로 듬뿍듬뿍 싱그러운 물을 주지. 말랑해진 그의 심장에서 장미나 해바라기 족두리 꽃이 필 때, 깜짝 놀란 그 소녀는 처녀로 다시 태어나지. 가장 작은 꽃을 피운 소녀는 선물로 대학입학허가서를 받기도 하지.

어른들이 하는 일이라고 별반 다르지도 않네. 개망초 밭을 한 천여 평, 어루만지면서 고라나나 너구리에게 세끼 식사를 차려 주는 일, 도마뱀이 일광욕을 즐길 수 있도록 너럭바위를 따끈하게 데워 놓은 일이 최고의 직업군에 속하지. 그러면 보리수 열매를 닮은 여자들이 너도나도 씨앗 예물을 들고 청혼을 오기도 한다네.

그렇게 산이라는 밭과 강이라는 들을 눈여겨보다가 청설모가 남긴 식은 호두나 밤톨로 새참을 먹기도 하지. 장마철이면 이웃 사람 몇은 꼬마물떼새네 집수리를 도와주러 더 깊은 골짜기로 들어가지. 참, 이 나라에서는 남쪽으로 겨울 여행을 떠나는 갈색 양진이나 쑥새의 여행가방을 싸주는 일이 연말연시의 가장 큰 국가적 축제라는 점을 빼먹을 뻔했군.

다른 행성으로 갔던 별들이 돌아오는 저녁이면 언제부턴가 나이 세는 것을 잊어버린 코끼리나무 밑으로 잠을 청하지. 뿌리 커튼을 들추면 거기 박하 향, 화~한 안방이 밥상처럼 동그랗게 앉아 식구들을 기다리지. 건초침대에 누워서 매일 밤 음악을 듣는 것이 이 나라 저녁의 예법, 가장 좋은 악기는 불어난 계곡물이 흰 바위에 부딪치면서 내는 〈큰 바위물살악기〉. 그러나 고향생각이 깊은 보름밤에는 바람이 숲속의 나무 건반 위를 건너올 때 나는 〈푸른물결환상곡〉을 자주 듣지. 나는 그중에서도 꽃 보내고 난 뒤의 오동나무에서 들려오는 파 ― 음에 유독 애수를 보태네.

파파파파파파파파파파파 ―― 혓바닥으로 윗니를 톡톡 두드리면 내가 떠나온 지구의 옥상 끝에서 피를 뒤집어쓰고 있는 한 어둠이 어룽거리네. 내가 아니라고 말할 수 없는 그가 노을 속으로 헌 신문지에 둘둘 말린 채 생고기처럼 익어가지 익숙해지지.

은빛여우

난 버려졌죠, 서른 살 된 미아를 보신 적 있나요? 여섯 시간을 날아서 다시 붉은 사막의 지붕 위로 가출했죠.

야자수처럼 번져나간 파고다의 도시. 붉은 파고다의 골목. 뒷골목마다 부처님이 앉아계시죠. 미얀마 사람이 아니랍니다. 맨발로 타조 발자국처럼 모래를 푹푹 찍으면서 걷다보면 천 번째 살고 있는 정령精靈을 만날지도 모르죠. 당신에게 인사를 건넨 건 부처거나 정령이거나 흰 암소 중의 하나겠죠. 모래 위에 다시 그늘을 펴주는 친절한 티크나무와는 몇 년째 정이 들어버린걸요.

서른 살 된, 부모 있는 고아는 못 보셨다고요? 백 장의 이력서도 편의점의 컵라면도 이젠 몸이 거부하죠. 위장도 그렇게는 살고 싶진 않았겠죠. 삼천 원으로도 넉넉한 하루는 모래 위뿐이죠. 서울은 안 가는 것이 아니라 못 가는 거라니깐요!

더 듣고 싶다면 저를 따라오세요.

지평선 끝에서 노을이 올라오면 가장 높은 탑 위로 올라가죠. 그러면 시리아산 배낭 두 개가 전부인 압둘라 크루디와 그의 여자 친구를 만날 수 있죠. 매일 저녁 우리는 붉은 사막을 건너오는 여우를 기다리죠. 여우가 자꾸 여유로 들린다고요? 난 은빛여우, 크루디는

푸른 별이 두 개 달린 흰 여우를 기다리죠. 두 사람은 아직 자기 조국을 사랑하나 봐요

아저씨도 이리로 오세요. 남서쪽으로 여섯 시간만 날아오세요. 사막 위로 붉은 지붕이 열려 있죠. 우리가 잠들 수 있는 파고다는 넉넉하죠. 가장 높은 곳에서 노을을 보고 있는 은빛여우를 찾으세요. 별이 가장 많이 쏟아지는 빈방 하나 내드릴 수 있죠.

호우주의보

국수를 먹다가
그녀는 갑자기 눈물을 흘렸다
저수지에 빠져 죽은
할머니 흰 머리카락이 떠올랐다고 한다
물결 따라 일렁이는 백발이
풀어헤친 국수가락처럼 보여
그녀는 두 손으로 방죽을 잡고
바닥까지 비웠다
가게 유리창에 빗물이 들이친다
물에 번진 붉은 부적이 떨어지자
전기가 나가고
그녀는 비명을 질렀다

방금 내려놓은 방죽 위로
쪽찐 머리가 떠올랐다

2월

젖은 나무들 사이로
걸어오는 검은 우산
두 다리만 보이는 어느 저녁,
유빙이 뒤엉킨 흐린 하구로
녹슨 손바닥을 내미는 가로등
휘어진 나뭇가지 끝에는
빗방울 속의 빗방울
어둠을 피워 올리는 끝없는 통로
그 안에 갇힌 발걸음
누군가 등에 돋아나는
낮은 무덤
머리맡을 굴러다니는 바람
이마에 달라붙은 하얀 입술

아흔두 번째 가을

내린천 살둔산장에 도착하자
아흔두 번째 가을이
떠날 채비를 서두르고 있다
하늘이 어두워지고
바람이 물소리를 덮어간다
부르르, 온몸 떠는 산줄기에
푸른 소름이 돋는다
툇마루에 앉아 손짓하는 어머니
아야, 저 가을 좀 잡아 와라
날 여기까지 오게 해놓고
지 혼자 내년에 다시 오려고 내뺀다
산장 굴뚝이 쿨럭대고
어머니는 긴 담배연기를 띄운다

구룡령을 넘어가는 동안
어머니는 혼잣말을 멈추지 않는다
숭악한 가을이여
자기만 살기 위해 색깔을 바꾸고
혼자 도망치는 난세여
내리막길 브레이크를 밟을 때마다
어머니 생애도 잠시 주춤거렸으면,

나무들은 마지막 잎들을 떨구고
낙산해변 너머에는
아흔세 번째 가을이
은비녀 꽂은 수평선을 물들이고 있다

왕국을 위하여

옛 왕국이 망한 폐허를 망초들이 대신 차지했다
하지만 이것은 왜 새로운 왕국이 아니란 말인가

전투기들이 편대를 지어 날아가는 하늘을 보며
망초 꽃대궁들이 일제히 제 몸을 흔드는 모습을 상상하는 건
매우 유쾌한 일이다
더 이상 이곳에는 포탄이 떨어지지 않을 테니

그러니 망초들아, 부끄러워하거나 주눅 들지 말고
더욱 기쁘게 몸을 흔들어라
인간이 세운 모든 왕국은 전쟁과 살육으로 무너졌음을
너 역시도 알고 있지 않느냐
문명은 자랑스러운 것이 아니라
부끄러운 것이라고 쓴 역사책을 상상하여라

쑥대밭이라는 비유가 수정되어야 하는 이유에 대해서도
이웃 동네 쑥대들에게 들려주어라
네 머리를 쓰다듬기 위해 바람이 불어오고 있다
기쁘지 아니하냐, 너에게 뿌리가 있다는 것이

새로운 왕국은 네가 뿌리 뻗는 곳에서 다시 시작되리라

비포 앤 애프터

우리가 사는 세상은 아름다움을 향해 진화해 온 것일까?

딸애가 턱을 깎고 싶어 한다는 아내의 말을 전해 들으며 기어이 올 것이 오고야 말았다는 생각을 했으니, 아름다움을 향한 욕망은 혈연의 유전자마저 비틀어버릴 만큼 강력하다는 사실을 부인하지 못하겠다 자연 그대로의 시대는 가고 지금은 깎고 자르는 시대, 아름답지 못하면 선하지 못하고 참되지도 않은 것, 아름다움만이 구원으로 이르는 길을 열어주거니, 이제부터 몸에 칼을 들이대는 일 쯤 무서워 말아야지

산은 깎으라고 있고 강은 막거나 파내라고 있는 것임을 진작 눈치챈 이들이 삽날을 들고 진군할 때, 강남의 성형외과 수술실은 문전성시를 이루고 있었다 부작용에 대한 경고 같은 건 아름다움이 얼마나 위대한지 모르고 하는 얘기, 강둑마다 생겨날 자전거 도로를 따라 바람을 가르며 씽씽 달려가듯 미래는 매끈한 허리 라인을 타고 올 것이다 그때까지 다이어트라도 하라고 등을 떠미는데, 깎아내고 도려낼수록 무장무장 자라나기만 하는 욕망의 컨트롤타워는 어디인가

비포 앤 애프터, 출근길에 마주친 전철 안의 광고 포스터를 바라보다 내려야 할 역을 지나쳤다 지나친 뒤의 후회는 언제나 때늦은

법이다

알파고가 이세돌을 이기던 날

지금 남쪽에서 산수유가 몇 송이나 피었는지 알지 못한다

엊그제 내린 빗방울이 몇 개였는지, 한창 흘레질에 열중하고 있는 암캐가 새끼를 몇 마리나 잉태하게 될지, 고속도로를 달리고 있는 자동차가 앞차를 들이받게 될지 아닐지, 내 딸들이 장차 어떤 남자를 데려오게 될지, 심지어 내가 앞으로 담배를 끊을지 말지도……나는 모른다

50년 이상을 지구에 발붙이고 살아왔어도 여전히 모르는 것투성이다 앞으로도 내가 알게 될 사실보다 모르고 지나갈 사실이 저 하늘의 별 만큼이나 많다 아무리 경우의 수라는 걸 따져보려고 해도 고등학교 때 이미 수학을 포기했던 이력을 생각하면 그냥 아득하다

알파고는 이겼고 이세돌은 졌다 그것만이 자명하다 분석가들이 아무리 떠들어도 알파고는 더욱 진화할 것이고 인류가 멸망하든 말든 저 하늘의 별들은 빛날 것이다 인간은 인간 이외의 것들과 맞서 한 번도 진정으로 이겨본 적이 없으므로 무수히 반복될 쓸쓸한 패배를 기리기 위해 사람들은 여전히 시를 쓰고 노래를 하다……커서가 깜벅거림을 멈추듯 죽어갈 것이다

도마

엄연히 현실에 동원돼 있으나
정체는 바닥에 깔려 드러나지 않는다
파 먹히고 난자당하지만 침묵으로 수행한다
역할은 분명하지만 성과를 차지하는 법은 없다

자르는 쪽도 잘리는 쪽도 아니다
때리는 쪽도 짓이겨지는 쪽도 아니다
그렇다고 그 둘 사이에 있는 것도 아니다
그 둘 사이 행위가 끝난 지점에서 자신을 드러낸다

핏물이 튀고 살이 발라진 다음에 존재한다
목적을 떠난 잉여의 힘을 덥석 문다
튕겨 나가는 여분의 흉기를 경계 안쪽으로 끌어안는다

이게 아닌데 하고 돌아서는 지점에
난잡하게 놀다 맨얼굴로 돌아가는 곳에
금식을 위한 사육제처럼 폭식과 폭음 끝에
숨통을 끊고 핏물을 뒤집어쓴 다음에

야생의 누출을 저지하고
광란에 윤곽을 부여하고 그로 인해 겨우
삶을 유지시켜가는 그 기만의 경계 지점에

사막의 소년병사

모래 먼지 덮인 흙구덩이는
핏물을 빨아들일 수 없을 만큼 메말랐다

원수의 머리가 두건 속에서 떨어지고
용암처럼 총구에서 울컥울컥 토해내는 빛

구덩이를 묻고 열 살 남짓 소년병사들
아직 반동으로 불끈거리는 총을 메고
흘끗 뒤돌아보더니 무너진 건물 뒤로 사라졌다

그 소년들 훗날,
총성이 멈추고 성인이 되고
물기를 빨아들일 수 없을 만큼 메마른 땅에도 꽃은 피고

그리고 세월은 흐르고
세상은 시시콜콜해지고 삶은 혼란스럽고
민주주의는 질척질척하고 가진 자들은 야비하고
권력은 추악하고

칼로 도려내고 싶었던 그 기억
피를 얼리던 그 기억

안간힘을 다해 지워버리려고 했던
그 전쟁이 참혹했던 그 전쟁이 갑자기
갑자기 그리워질지도 모른다
피를 끓이게 할지도 모른다
그리운 추억처럼

차가운 포르노

심야버스를 기다리다 몸을 녹이려고 들어간 지하에 틀어져 있는 포르노를 보고 나왔더니 도시 불빛이 온통 벌건 피부색이다

책 한 쪽 읽는 시간보다 길어지면 덮어버리게 되지만 포르노를 보는 시간은 내가 인간을 가장 극렬하게 생각하는 시간에 속한다 그것도 사랑의 일부이기 때문이다 그러나 그것은 흐르는 이야기 속에 담긴 조약돌 같지 않고 어딘가에 적혀져 있지도 않고 공문서처럼 요지만 발췌해 나열되고 공공근로처럼 얼굴 없는 노동이 반복되고 있어 서둘러 옷을 입은 사람이 보고 싶어진다

그래서 노동과 포르노는 분리가 되지 않는다 노동은 이야기를 중단하고 말끔하게 근육들을 요약해야 군더더기와 손때와 인간이 제거되고 반짝반짝 빛나는 하이테크가 되기 때문이다 포르노는 하이테크다

부르주아 정치는 포르노와 분리가 되지 않는다 그 정치는 벌거벗은 언어로 붙어먹는 놀음이다 더 많은 육담과 더 많은 빨갱이와 더 많은 항문을 맥락 없이 노출시킨다 침을 질질 흘리게 만드는 포르노 영화감독은 그 정치에서 영감을 얻는다

포르노는 또 공허와 분리가 되지 않는다 자본에 팔려 분리된 몸

은 포르노를 요구하고 포르노는 공허를 생산한다 공허를 생산하지
않으면 노동이 멈춘다 공허를 생산하지 않으면 잉여를 생산할 수 없
다 포르노를 멈추면 세계도 멈춘다

시간은 포르노와 분리되지 않는다 시간은 계절을 그리는 궤적도
인생을 경과하는 여정도 사랑을 무르익게 하는 정원도 아니다 껍질
도 씨앗도 없는 말끔한 육즙의 시간은 무결점의 삽입이다

장편소설은 이제 손바닥만 해지고 영화 한 편도 너무 길다 기승
전결이 다 삽입이다 시작도 삽입이고 끝도 삽입이다 뜨거운 삶은 군
더더기다

거리에 나와 보니 바람이 차다 본격적인 추위가 곧 닥칠 것이다
그러나 이 도시에 겨울은 오지 않을 것이다 겨울상품만 찾아올 것
이다

포르노는 차다 얼음처럼 차가운 거다

시금치 학교

어머니는 시금치 밭에 늘
앉아 계시는 거로 우리 형제들을 가르쳤습니다
시금치라는 것이 먹어 보면
아무 맛도 안 납니다
그러나 김밥에라도
한번 빠져 보세요
소시지 계란 등이 들어 있다 치더라도
김밥 맛이 제대로 나지 않습니다
김밥에 구멍이 뻥 뚫린 것 같습니다
어머니는 세상에다가
자식들이 그렇게 되길 바랐나 봅니다
우격다짐으로 배운 게 우리는
하나도 없습니다
학교 갔다 돌아오면
어머니는 시금치 밭에
노상 앉아만 계셨어요
어머니의 수업은 파란 시금치 밭
여기저기서 바람들과 천진난만하게 노는
시금치 잎사귀를 자식들처럼

그윽하게 바라보는 게 전부였지만
밭 가생이에 잔돌 탑을
수북하게 쌓아 놓는 것만 봐도
어머니가 매일 반복하는 수업이더라도
얼마나 정성 들여 준비했는지를 알 수 있어요
어머니가 교과서에 골고루 밑줄 쳐
놓았듯이 우리 형제들은 골고루 그
밑줄을 읽고 자랐습니다
밑줄에서 남을 억누르지 않는 몸가짐이
시금치처럼 올라옵니다
다들 오셔서 먹을 만큼씩만 뜯어 가세요.

이사

전에 살던 사람이 버리고 간
헌 장판을 들추어내자
만 원 한 장이 나왔다
어떤 엉덩이들이 깔고 앉았을 돈인지는 모르지만
아내에겐 잠깐 동안
위안이 되었다
조그만 위안으로 생소한
집 전체가 살 만한 집이 되었다
우리 가족도 웬만큼 살다가
다음 가족을 위해
조그만 위안거리를 남겨 두는 일이
숟가락 하나라도 빠트리는 것 없이
잘 싸는 것보다
중요한 일인 걸 알았다

아내는
목련나무에 긁힌
장롱에서 목련꽃향이 난다고 할 때처럼
웃었다.

모과나무

우리 회사 앞에
모과나무 한 그루가 있다
그 나무에는
열매가 익기 전에
따먹지 말라는 푯말이 걸려 있다
모과 열매를 따먹는
사람이 있긴 있나 보다
못 생기고 누가 몇 백 번을
주물렀다 폈다 하면서 구겨놓은 열매
어디서나 다 보이게 얼굴은 왜 그렇게 큰지
신문지를 덮어두고 싶은
나도 시집을 내면 시집 앞에
제목 대신에 시가 익을 때까지
읽지 마세요, 라고
적어 놓아야겠다
내가 몇 백 번 주물렀다 폈다 해놓은
내 모과들.

국가, 결격사유서

결혼 십오 년 차 넘으니
모든 게 조금씩은 낡아간다
지지직거리는 TV
클리너마저 먹어버리는 비디오 헤드
가스레인지 손잡이는 떨어져 나가
빼찌로 물어야 겨우 돌아간다

그런데도 낡지 않는 것은 약속이다
검은 머리 파뿌리가 되도록 살겠다는 약속
거기, 우리 모두 부조를 놓고
갈비탕 한 그릇씩 비우고 왔다는 약속
언제 오느냐는 전화 어디냐는 전화
아이는 찾았느냐는 전화 그랬다는 전화
들어온다 한 지가 언제냐는 전화
말없이 종료버튼을 누르는 전화

그래도 파국만은 막아야 한다고
가끔은 공원에 나가 시키지도 않은
삼각동맹의 가족 증명사진을 확고하게 박으며

신고만 받고 AS는 단 한 번도 안 하는

저 국가에는 항의도 못해보면서

조금씩 조금씩 낡아간다

여덟 발자국

송국현 님을 추모하며

자동센서가 부착된 방문이
활짝 열려 있었지만
그는 나올 수 없었다
뜨거운 불이 다가왔지만
말을 할 수도
일어설 수도 없었다

여덟 발자국만 걸으면
밖으로 나올 수 있었다
감옥 같은 격리시설에서 이십칠 년을 살았다
사람들과 함께 살고 싶어
자활 홈으로 나온 지 갓 반년
한 달 생활비 삼만 원
며칠 전엔 새 옷과 신발을 샀다고 좋아했다

장애등급심사센터가 있는
국민연금공단 성동지사 앞에 있었다
활동보조인 지원을 받아야 살 수 있다고
장애등급을 올려달라고
재심사를 해달라고, 심사가 나오기 전이라도
긴급복지지원이 필요하다고

성동주민센터도 찾았다 삼 일 전이었다

그는 죽어서야
자신의 불행이 3급을 넘어
특급에 가까운 중증이었음을
증명할 수 있었다. 그렇게
삼십오만 명의 장애인들이
자신이 더 불행하다는 것을 증명하기 위해
안간힘을 써야 하는 세상은
얼마나 참혹한가

누구나
여덟 발자국만 걸으면
다른 세상에 닿을 수 있다

* 2014년 4월 13일. 세월호 참사가 있기 4일 전. 송국현 님의 죽음이 있었다. 그
는 죽기 전까지 광화문역 지하도에 있는 '장애등급제, 부양의무제 폐지' 농성장
에 함께했다. 지난 대선 당시 모든 후보들이 폐지를 약속했지만 지금껏 지켜지
지 않고 있다.

당가

내가 세상에 태어나
가장 많이 들은 노래는
뽕짝도 팝도 발라드도 아닌
어머니가 부른 구수한
전라도 '당가'다

그랬당가
가셨당가
돌아왔당가
잘못했당가

모든 말끝에 '당가'가 붙으면
세상일이 비로소 안심이 되고
위로가 되고 용서가 되고
축원이 되고 배려가 되고
동의가 되었다

한번 '당가'로 이해된 이야기들이
공동우물가에서 옆 마을로
읍내로 '당가~ 당가~ 당가~' 하며
물보라처럼 퍼져가는 상상의 메아리에

달콤하게 빠져들곤 했다

나이 들어 따라 불러보고 싶던
위대한 '당가'黨歌는 아직도 못 만났다
오늘도 내 '당가'는
어머니가 사시는 저 남녘 끝자락
마을 회관이나 읍내 좌판 앞에서
무시로 불려지고 있다

기차역에서

막차로 오는 당신을 기다립니다
고단한 노동의 시간
기다림의 흔적으로 지웁니다
거친 광야에서 돌아오는 당신에 비하면
종일 서서 일하는 것쯤은 사치겠지요

역사에 바람이 붑니다
휘파람 소리 들리면
당신은 씩씩하게 옵니다
어쩌다 본 눈빛에서 두려움 없는 모습이
마음 놓이게 합니다
늦은 밤 당신을 기다리는 일이란
내게 사유의 시간입니다

첫차는 설렘이고
막차는 그리움입니다
바삐 오가는 사람들 틈에서
당신을 찾아내는 일 또한
첫눈 같은 그리움입니다

황금비늘

금이 가기 시작했어요
산과 산 사이 구름바다
순간이었지만
글쎄 붕어 한 마리 낮게
꼬리를 흔들며 유영하지 않겠어요
어때요?
정말 근사하지 않아요

한 입 가득 소주를 털어 넣고
떨어지는 물방울 잡으러
산 위로 올라갔지요
펼쳐진 구름바다 유혹하는데
어찌 넘어가지 않겠어요
훌훌쩍
몸을 던져 버렸답니다
사람들이 환호하며 셔터를 누르는데
나는
붕어섬 위로 날아가고 있었답니다

그날

밭으로 나간 할머니는 돌아오지 않았다
그날,
햇살이 곱게 꽃가루처럼 날리던 날
고추밭을 꽃밭 가꾸듯 마음을 다 주고
나무마다 간짓대 세워 하늘정원 만들더니
가르마길 따라 홀로 들어가신 후
가지마다 하얀 조등으로 내걸렸다
모시적삼 검정치마 손수 만들어
내게 입혀주던 할머니는
거짓말 같지만 모시 삼는 법과 째는 법을
달빛 아래서 가르쳐 주었다

내 나이 아홉 살,
어른보다 솜씨가 좋구나
도란도란 달빛 아래 할머니는 모시를 삼고
나는 모시를 쨌다

풀포기 하나 없이 정갈한 고추밭
차마 들어갈 수 없어
멀리서 할머니의 쪽찐 머리만
낮달처럼 둥글게 말린 등만

서럽게 바라보던 날
납작 엎드려 잎사귀만 무성하던
그날
버선발로 나선 신작로 길에
햇살만 눈부셨다

소통疏通

    디젤기관차 기관 공기함 핸드 홀 커버의 조임 수치는 따로 정해진 게 없다. 밸브 손잡이를 적당한 악력으로 돌리다 새끼손가락이 묵직해진다 싶으면, 렌치로 다시 한 바퀴 반을 돌리면서 홀 커버 조임치의 음원을 찾아낸다. 그 투명한 합금강의 신호음은 손가락들만 들을 수 있어서 '쨍' 하는 화음和音이 잡힐 때까지 몇 번의 몸신호를 보내고, 손가락 촉수로 만져지는 화음을 온몸 구석구석에 각인시키는 것이다. 사람과 기계가 만나는 접점이 생성되면 사람은 기계를 닮아가고 기계는 사람을 닮아간다. 사람은 비로소 기름밥을 먹고 기관차는 철마鐵馬가 되어 철길을 내달리는 것이다. 언젠가 먼 길을 달려온 기관차 배장기에 맺힌 핏물을 조심스럽게 닦아낸 적이 있었다. 그 날 우리는 배장기에 얹혀 있는 상처를 달래며 하루 종일 취해 있었다.

세차

세상과 불화한 급행료로
스물 몇 해의 생을
선뜻 지불하다니
불온한 상상력이 아무리
네 삶을 파먹고 있었다 해도

시속 백 몇 십 킬로로 달려오는
수백 톤의 질주를
홀로 감당하려 했다니

엊저녁 네가 버린
희망과 사랑과 절망으로 뒤엉킨
붉은 살점들을
우리는 오늘 아침
물 뿌리고 밀걸레질해 닦았다
지워지지 않으려 이 악무는 마지막
연민까지 세차 솔 바꿔가며
깨끗이 닦았다

문

　오십 개의 문을 열고 닫았다. 아니다 문이 저 홀로 열렸다가 닫혔다. 열리는 문과 닫히는 문소리가 소란스러워질수록 내 선택의 여지는 좁아지고 문득, 빈 적막의 서랍이 소리 없이 닫힐 때면 문의 형상은 바늘귀를 닮아갔다. 일곱 번째 문이 막 열렸을 때 은종의 여섯 번째 문은 열리지 않았고 대신 진달래만 글썽하게 피었다 졌다. 마흔여덟 번째 문이 열렸을 때 아버지의 발걸음을 기억하는 유일한 구체성의 문이, 어느 아침 소리 없이 닫혀 있었음을 어머니가 전언하였다. 그러는 사이에 내 주변을 어슬렁거렸던 몇 개의 문이 열리지 않았으며 너무 오래 집을 비워 도둑이 슬쩍 다녀간 일이 있은 후 서둘러 빗장을 걸고 긴 여행길에 서 있기도 하였다. 이제 오십 번째 문이 나를 열었고 내 소소한 일상들과 바람과 어둠의 관계가 명징해질수록 나는, 나를 더 쉽게 부정할 수 있어서 내 어깨는 가벼워지고 내 가슴은 조금씩 낡아가는 것을 알 수 있다. 이따금 가슴 속을 변증하는 불규칙한 통증이 찾아오기도 하는데, 그럴 때마다 난 아주 먼 곳을 쳐다보는 습관이 생겼다. 자꾸 뒤돌아보는 버릇도 생겼다.

질문들
― 증발된 한 사람에 대한

초등학교 문방구 앞 오락기계의 하루는 이렇다
백 원 두 개에 능숙한 손이라면 두어 시간은 족히 때울 수 있다
아이들 소리와 함께 서서히 어둠 속으로 사라지는 게 일상이었다

오늘 오락기계는 끊임없이 빛을 토해내고 있다
단추 두 개를 쉼 없이 눌러대는 두 손가락은
빠른 탭댄스를 추는 신발 같았다
어둠이 청년의 어깨를 짓누르며 내려앉았다
두 손가락과 함께 알 수 없는 허밍과 함께
또 다른 세상 속으로 빨려 들어가고 있었다

두 손가락의 힘은 어디서 나오는가
달도 없는 밤 청년의 얼굴을 희미하게 비추고 있는 것은
하나둘 씩 켜지는 목련이었다
소리 없는 위로처럼 사선으로 비추고 있다

툭, 툭, 떨어지고 있다
목련이 모두 꺼질 무렵 청년은 한 켤레의 신발을 남겨두고
바닥으로 사라졌다 아니 오락기계 속으로 뛰어들었다

버튼에 남자의 물결모양 지문이 따뜻하게 새겨 있다

오랫동안 영어과외 전단지를 벽에 붙이던 청년이었다
나는 농담처럼 흐르는 눈물을 전단지 대신 벽에 붙였다
내일은 목련이 조등처럼 켜질 것이다

대문이 자라는 계절

아버지 집에는 대문이 없었어요
이건 어디까지나 사실이었지요
집을 지을 수 없는 밭에 집을 지은 일말의 양심이라나

그리하여 오랜 세월 서서히 자란
포도 넝쿨이 대문이 되었어요
한 해가 지날 때마다 살아있음을 증명하려
스스로 집의 일부가 되었다지요

천식에 좋다는 수세미 심은 자리에서는
줄기를 이기지 못한 수세미가 길쭉하게 아래로 자랐어요
대문의 일부가 되어버려 다 익은 수세미를 딸 수 없다고 하네요

보랏빛 대문이 되었다가 푸른빛 대문이 되었다가 누런빛 대문이
되기도 해요

대문의 색깔이 바뀔 때 아버지는 묘한 웃음을 보이며
"나의 대문"이라고 나직이 손을 포도 넝쿨에 갖다 대었지요
　연보라 손금들이 대문을 타고 올라가는 모습이 선명하게 보인다
네요

대문이 자라 지붕이 주렁주렁 열린 걸 볼 수 있기도 해요
아버지 집 지붕을 조금 떼어내 술병에 담았어요
보랏빛 술이 익으면 우리 집 대문의 일부가 되었으면 좋겠어요

아버지 집에는 대문이 계절마다 자라고 있어요
집을 둘러싼 모든 넝쿨이 대문이 되어 자라고 있어요
지금 아버지 집 대문 색깔은 자작나무 색이라나요

뼈에 대한 예의

벌거벗은 여자들의 구부러진 등이 습기와 습기 틈 사이 하나 둘
보이네
닳아 없어진 연골로 허리를 펼 수 없어 등을 열고 뼈를 심었지만
여전히 구부린 등의 기억으로 허리를 펴지 못하네
늙은 여자들의 등은 꼿꼿하게 구부러져 있고
주름에 대한 기억은 없는 듯 무심하네

구부러진 등을 가진 퉁퉁 불은 손이 칫솔을 꺼내드네
파란 치약이 가득 올라간 칫솔을 입속으로
닳아 없어진 이를 닦고 있지 습관처럼
입속 뼈는 사라졌지만 가려움의 기억은 남아 있는지
사라진 뼈들의 흔적을 훑고 있네

틀니는 입에서 분리되어 물속에 가라앉고
연골은 여전히 흉터와 함께 등에 갇혀 있지

여자의 몸에서 뼈들은 빠져나갔지만 뼈의 이물감은 생생하지
화요일 아침 대중목욕탕에서는 구부러진 잔상들이
희미한 뼈의 기억을 가득 담고 판타지처럼 떠다니네

그 국밥집의 손

국밥집을 나오며 나는 그 뜨거운 국밥을 번개처럼 제 앞에 놓아주던 투박한 손을 생각합니다. 내 몸의 평화를 지키는 손입니다. 국밥집을 나오며 나는 오천 원을 내면 천 원을 다시 쥐어주는 때 묻은 손을 생각합니다. 내 지갑의 평화를 지키는 손입니다. 국밥집을 나오며 나는 다음 손님을 위하여 식탁을 제비처럼 훔치던 민첩한 손을 떠올립니다. 점심시간의 평화를 지키는 손입니다. 국밥집을 나오며 나는 일한 만큼만 버는 아주 지루한 손을 기억합니다. 지구의 평화를 지키는 손입니다.

공중전화 도둑

누가 훔쳐갔을까,

부산으로 달려가는 안부에 빙그레 웃고 광주에서 흘러온 고백에
얼굴이 빨개지기도 하다가 때론 속초에서 뻗어온 고구마줄기 같은
목소리에 그만 눈가에 이슬 맺혔을, 별보다 더 짤랑거렸을 수많은
밤을 누가 끙끙 어깨에 메고 사라졌을까,

몇 톤 트럭에도 다 실을 수 없는 구름보다 무거운 말, 돌보다 단
단한 말, 단풍잎보다 붉은 말들, 어떤 가난이 그 무거운 말들을 통
째로 들고 갈 수 있었을까

허기진 달빛만 환하게 비추는 도시의 밤,
동전 한 움큼으로 저 달의 눈을 가리려던 어리석은 도둑을 생각
하네, 아무리 쿵쿵 두드려도 좀처럼 열리지 않을 빗장을 떠올리네,
어쩌면 순박한 가장이었을지도 모를 도둑의 저녁은

누가 훔쳐갔을까,

휴대폰 하나면 온 세상이 열리고 인공지능 로봇이 달콤한 미래
를 속삭이는 창조경제의 시대에 왜 가난은 진화하지 못했는지, 한
밤 중 영문도 모른 채 뜯겨져 나간 공중전화여, 미련한 도둑이여, 별

이 빛나는 밤을 기억하는 모든 가난한 눈빛들이여, 응답하라.

충렬반점 최통장

충렬반점 스쿠터가 정오를 가로질러 간다
일용할 양식이 울퉁불퉁 구름 속으로 달려간다
문패도 번지도 없는 골목을 돌아
식도보다 출구가 긴 꼬불꼬불 골목을
대답보다 질문이 많은 골목
계산보다 군침을 먼저 흘리는 골목을
모가지 묶인 개들이 합창하는 양철대문을 돌아
가다말다 허전한 듯 뒤돌아보는 골목을 돌면
구름이 구름 속으로 흘러가고
골목이 골목 속으로 뻗어가고
계절이 계절 속으로 스며가고
삼십 년을 빙글빙글 돌았는데
충렬반점 한 평 가게
사장님이자 종업원이자 배달부이지
오늘도 배고픈 전화벨이 울면
짜장면을 닮은 최통장이
최통장을 닮은 스쿠터가
둘 다 야무지게 닮은 면발이
춘장이, 단무지가, 젓가락이, 우르르
달려가고,
달려가고 있네.

4월의 조조할인

D열 5번에서 C열 9번으로 옮겨진 자리

가장 먼 곳

빛의 순간만큼만 다가갈 수 있다

휘휘 저으면 물의 파문

요동치는 심장 바람은 폭풍 태양의 흑점 속으로

사방으로 튀어서

뒤틀리고 구겨지고

수많은 손과 발들 꿈틀꿈틀 부호 가득

재고 만지고 놀다 부숴버리고 밀쳐버리고

달콤 쌉싸름 암흑 주문을 외운다

공들인 소리 비늘

벗겨져 내리는 자막 위

기어 올라가는 이름들

층층 칸칸

한 편 잔인한 서사다

다시, 환속

구름 클라우드

　일 미터 삼십 센티미터쯤, 구부정한 다리 하얗게 센 꼭뒤 움푹 파였다 햇살은 벼랑으로 수레를 밀어댄다 주춤주춤 마른 몸 폐지는 가득 이 아침까지 어찌 왔을까 미친 자동차들 횡횡 끌고 가는,

　길 따라 걸으며 찰칵, 손수레를 끌어 구름 위에 올려놓았다 저장된 엄마의 사진 성글성글한 머리카락 바싹 잘라 파마한 조그마한 뒤꼭지 싫은 소리 한 번 하지 못하고 웃기만 하던 묵직하고 커다란 오백 원짜리 동전이 제일 좋다던 계집아이는 사진 속 길이 꼬불꼬불

말 껍질을 벗기며

시베리아 어느 동네에서는
하도 추워 말이 언단다
그래서 날이 풀리면 사방에서
얼었던 말이 살아나서 귀가 얼얼하다는
어느 여행자의 전언

내가 뱉은 말도 얼어붙었으면 좋겠다
귀는 윙윙거리고
들리지 않는 말 구르다 꽁꽁
챙그랑거리며
부서지는 소리
서로 부딪히며
살아나는 말 되었으면

죽은 말들
눈 감아도 보이는 소리들
무거운 어깨 늘어뜨리고 가는 사람들

문 앞에 쪽지를 남기고
노란 종이 새
먼지를 쏘아 먹고

눈물은 금방 흔적이 되고

오늘은 또 어떤 말들이 얼어가고 있을까

생활의 방편

한 뼘은 남짓 남는
소매 끝이 부끄러운 건
자라나지 않는 팔뚝 때문이다
내심
세상을 향해 부르짖을 구호는 가득하다
하지만
여전히 공명하지 않는 어린 양철북
북소리 멀리 가지 않는다
어디든 가다 못 미쳐 돌아서기를
반복하는
파리한 손목을 비틀어 붙잡아 세우는
비명
깨어질 듯
소매 안쪽 닿지 않는 곳에서
보풀처럼 일어나는
아직 그렇게는 되지 않을 것이라는
막연한 끌어당김
반 접어 걷어 올린다

나프탈렌

스치자

오래 묵었던 시간의 냄새가 따라붙었다

예닐곱 어린 날

무거운 외투 안쪽 주머니 속에서

주섬주섬 만났던 하얀 덩어리

어딘가 숨기고

단맛이 그리운 마음을 한 순간에 끌고 갔다

덥석 입안에 넣고

갈급했던 허전함을 달랬던 혀뿌리

구역질나도록 얼얼했던

좀 먹어 해진 품속을 헤적이던

썩지 않는 바람이 등 뒤에서 질리도록 치근대었다

마구 쏟아내며 막지 못한 후회인 듯

훼훼

백 한 살 할머니 수색 출동 보고서

실종사건 발생 사십 일째
이삭 패기 전
모낸 논바닥에 물이 빠지고
불끈 벼들이 모여 서는
그날 오후 1시경
광야에서 무슨 시험에 들었기에
돌아오질 못하고
외치는 소리 들리지 않나
운문 앞에서
파랑새와 합류 후
모진산 자락으로 이동하여
늑대와 새들과 꽃들과 만나
사건 경위를 듣고
바람의 지휘 아래
바다로 하늘로 산으로
드러나지 않은 지난 세월을
더듬어 찾아간 지 두 시간
산문에 집결하여
영혼을 벗어버리고 사나운 짐승으로 돌아가려는
곳곳에 부표를 띄웠습니다
점점 멀어지는 숨소리

오후 다섯 시경 모든 탐지 종료.

벌교 보성여관에서 빨치산 토벌 때 잠시 만났던 아들은 6.25전쟁
때도 스쳐갔을 텐데 영영 보이지 않습니다 특이점은 방금 파랑새가
늑대와 새떼들을 이끌고 바람을 따라가고 있는 것을 목격했습니다
백 하고도 한 살 더 먹은 치매와 걷는 이 세상

벗어놓은 신발 한 켤레

어떤 대화 2

머루농부님 다 드셨어요?

우울증 앓고 있는 바나나비님이 쪽지를 보냈어요.

쓸쓸해서 치약을 한 통 다 먹었대요.

검은새의날개님은 며칠째 소식이 없어요.

도마뱀꼬리님이 달앵무새님과 찾고 있는데 아직도 못 찾았대요

더 먼 바다로 가야 하나 봐요.

겨울천사님은 버스를 타고 가다가 불신검문을 당했대요.

우주비행사님 집으로는 출석요구서가 날아들었고요.

앉은뱅이책상님은 빗방울새님과 함께 광장에서 비밀문서처럼 사
라졌대요.

이십일세기종이새님에게 어제 꾼 꿈을 팔아먹었더니

별들의 그림자가 모두 구겨져버렸어요.

꽃잎이 천둥 치던 봄을 잃고

지금은 희망을 구걸하러 다니는

우리는 모두 벼락 맞아 꼬리까지 타버린 새

닫힌 유리문 속으로 뛰어들어 머리가 으깨진 새

천사를 만나러 간다고 눈을 놓고 사라진 새

물고기여자

화면 속. 여자는 알몸으로
커다란 은쟁반 위에
물고기 흰 살점들과 함께 누워 있었다
양복 입은 백인 남자들이 글라스를 들고 지나가고

실비횟집 수족관 안의 물고기들은 언제 봐도
눈을 느리게 끔벅거린다
저 느린 속도로 보이는 것을 모두 믿을 눈

몇 분 후, 회합을 위한 식탁 위에
그 느려 터진 눈을 한 물고기
살점이 다 잘려나가고
앙상한 가시, 머리만 남아
죽지 않고 눈을 끔벅이고 있었다

한 남자가 피우던 담배를
물고기 입에 물리자 연기가 났다
싱싱한데, 어서들 먹자구!
또, 한 남자가 상추로 물고기 머리를 덮어버리고
살점을 탐하자
모두들 젓가락을 움직이기 시작했다

상추 밑에 물고기 눈동자 끔벅이는 소리
얇은 눈꺼풀 상추 잎에 쓸리는 소리
나는 들었을까

그 쟁반 위에 여자
반짝이는 샹들리에 따가운 불빛 아래 은빛 여자
검은 양복 입은 남자들이 먹기 시작했던
물고기여자

동일방직에 다니던 그 애는

하늘에 온통 붉은 눈발 내리던 날들이 지나고
빙판길에도 봄이 들어서는
꽃을 꽃이라고만 불러야 하는 계절이 돌아와
내가 상고에 간신히 입학했을 때
그 애는 동일방직에 나갔지
낮에는 공장 다니고, 밤에는 산업체 야간학교 다니고
내가 밀린 납부금 때문에 복도에서 벌을 서고 있을 때
그 애는 여공이 되어 솜뭉치로 매일 가슴에 돋는 상처를 봉했네
커다란 기계 밑에서 나사못처럼 구부러지고 있었네
나사못이 된 그 애가 만든 실이 내 몸으로 감겨왔던가
나는 밤마다 영혼의 올이 하나둘 풀려 가느다란 실로 집을 지었
네

전염병처럼 졸음이 오고 분홍 알약이 목구멍 속으로 사라지면
잠 대신에 악몽 속의 귀신들이 따라다니며 실을 풀어갔네
천사가 올 때까지만 다닌다던, 그 애

굵은 눈송이들이 눈물 대신 내리던 어느 날
파란 시내버스에서 만난 그 애는 훌쩍 어른이 되어 있었지
매연 같은 인사를 나누고
버스에서 내리던 그 애, 검은 신사복과 팔짱을 끼고 갔네

옆방 세 살던 은자 언니도
키 큰 신사복에게 구두 선물을 받고는 했지
그리곤 모두 헤어졌다네 신사복들은 하나둘 집으로 돌아갔지
벌집통을 누군가 차버렸나
매일 벌에 쏘였네 퉁퉁 불은 상처로 문을 걸어 잠그고
내가 음악 속으로 사라질 때도
주판알을 튕기며 맞지 않는 숫자와 세상의 셈을 미리 배울 때도
그 애는 검은 신사복과 집 나간 사랑을 했던가

공설운동장 구석진 담벼락 아래, 어린 군인들이 매일 군홧발에
맞고 있었네
나의 가슴은 조금씩 세상 밖으로 튀어나왔네
그 애는 여전히 낮에는 솜뭉치, 밤에는 책 속에서 벌레가 되었네
내 잠 속에서 커다란 악보가 물결 춤을 출 때
그 애의 잠 속에는 커다란 남자가 잔병처럼 나뒹굴었네
무거운 실들이 지나간 물결 자국, 안감과 겉감처럼 포개지고 뒤엉
켰네

그 애의 얇은 음막이 찢어졌네
미끄덩거리는 울음이 미리 빠져나간 자리
습자지 같은 사랑이 찢어졌네

152

하늘이 내려앉은 그 애의 가슴은 점점 더 큰 솜뭉치가 되어갔네
눈물 먹은 솜뭉치는 얼어버렸나 쨍그랑, 얼음처럼 깨졌네
그 애의 질병 같은 사랑도 영 끝이 났다네
산업역군이라던 그 애의 가면 아래 썩어가던 일기장
폐수가 흐르는 수문통에서 다시 그 애를 만났을 때
그 애의 상처는 딱딱하게 굳어갔지
밀랍 인형 몇이 따라다니며 상처를 닦아 주었네
인형의 눈빛은 공장 굴뚝 연기처럼 흔들리고 있었네

　우리 올 풀린 영혼들, 물풀처럼 개천으로 흘러가 마냥 더러워지기
로 했네
　개천이 만들어 준 평화는 오래된 흑백 일기예보처럼 맑음 대신
아직도 천둥 번개가 치지만
　용서는 개천에나 버리기로 했네
　부러진 빗자루를 탄 구름마녀들의 하늘이 모두 개천이 될 때까
지
　우리는 좀 더 어두워지기로 했네

소나기에 기대어

땅북 울리며
소나기 감정이 격렬해지는 동안
나무들은 탬버린 흔들며
오랜만에 푸른 성대를 꺼내 본다
이런 밤엔 귀 세우고
베란다 구석에 갇혀 화초들과 나는
먼 옛날을 골똘해 본다
이제는 식어버린 음정이지만
세상 길 위에
북소리 깔면서
신나게 몸 버리던 시절
목마른 민주주의와
잠든 칠판 깨우던 푸른 기억
아직 배달되지 않은 세마치장단의 꿈
잎잎이 날개 달고
느닷없이 방문하는 밤엔
소주잔 온몸에 달고 출렁이고 싶다
지금은
달 뒤켠으로 거처를 옮긴

시백이 형과 함께

온몸이 북이고 떨림이던 그 가락과 함께

아주 아주 달아오르고 싶은 밤이다

창 밖 땅북이 격렬해지는 동안

나무들이 탬버린 꺼내 들고

열창하는 동안

생의 모서리 돌다 문득 마주치고 싶은

시간의 천장에 매달린 물방울들이 굵어지는 밤이다

* 황시백(1951~2008) : 교육노동운동가. 문인. 유고집 『애쓴 사랑』 등이 있다.

어느 문학시간에

김기림의 '바다와 나비' 가르치기 전
아이들 머릿속에 수평선 띄워놓고
파도의 푸른 귓밥도 풀어주면서
의자에 묶여 있는 너희들의 날개를 생각한다
분필 잠시 접고
바다로 통하는 시간의 문고리 열어젖히자
일제히 의자 들고
우루루 우루루 썰물 소리로
한 줄 파아란 휘파람 해변
저마다 밝은 주둥이 물새가 되는
즐거운 상상의 문학시간
삐걱거리며 몇몇은 아직도 의자에 등 묻고
교실 안쪽을 기웃거리는 햇살에
아이스크림처럼 녹아내리며
잠 속에 온몸 집어넣는 동안
교정의 나무들은 한 평씩 그늘 넓히며
삶의 질량을 확인하고 있다
목련이 화안히 피어서
제 걸어온 발소리 다 들릴 듯한 오후
무거운 안경테 잠꺼풀 너머
고래떼 등푸른 음표가

내 눈썹 위에 앉아 은물결치는 동안은

얘들아,

오오래 귀환하지 않아도 좋다

어달리를 위하여

산자락 지붕들이 야트막하게 펄럭이는
펄럭이다 세월의 모서리가 서서히 낡아가는
파도로 지붕을 엮은 어달리
밤마다 처마를 빠져나온 불빛들이
언덕에 올라
너울에 지친 사내들의 팔뚝 밤새 어리비치는
먼 오징어 배 불빛과 눈썹 맞추다가
마침내 수평선으로 풀어지는,
삼십 촉의 빠알간 기다림만이
그물에 걸리지 않는 곳
도시의 밤을 삼키고
이제는 포구까지 점령한 붉은 식욕의 네온사인을
안간힘으로 거부하다가
언덕으로 언덕으로 밀려난
출구 없는 생들이
포구를 돌아오는 바람 한 잎에도
왜 낮게 낮게 펄럭이는지
펄럭이면서 왜 자꾸 하늘 쪽으로 옮겨 앉는지
그대, 어달리에 가면
새벽까지 깜빡깜빡 졸고 있는 기다림과
기다림 위로 먼지들이 고요히 내려앉는

삼십 촉 알전구의 충혈된 눈썹들이
허기진 골목의 내력을 복고풍으로 밝히고 있는
그 가느란 필라멘트 생애 속으로
첨벙첨벙 머리 풀고 감전될 일이다

구기자

그대를 향하는 나의 손은
조심스레 다가갑니다
농익은 그대 터질 것 같아서
행여 놓칠세라 안타까워서

그대를 괴롭혔던 것은
몹쓸 벌레만이 아니었겠지요

저토록 탐스레 여문 결실
길고긴 폭염과 비바람 이겨내고
한 생애를 건져 올린
그대는 정녕 위대한 완성입니다

이제 탁월한 효능을 발휘할 차례
그대의 붉은 심장으로
삶에 지친 이들을 위로해 주십시오

땅의 여자

그녀는 세상에서 가장 부지런한 일벌레

밤마다 농작물 걱정에 잠 못 드는 여자
노동을 삶의 최대 가치로 생각한다
어떤 작물도 하찮게 여기지 않는다
손발이 닳도록 매고 또 매고
호미 한 자루로 830평을 점령해 버린다

수확할 때에는 경건함의 극치를 이룬다
호박 하나 딸 때에도 오이 하나 딸 때에도
가위로 공손히 꼭지를 자른다
그 많은 붉은 고추 딸 때에도
가위로 하나하나 정성 들여 잘라 담는다

잉태하는 대로 출산했으면 그녀는
아이를 십남매쯤 낳았을지도 모른다
생명을 지워버린 죄책감
그녀는 그것을 후회한 적이 있다

등짝이 까맣게 타버리고 벌집이 되도록
모기에 물려도 너무나 태연한 그녀

그녀의 막무가내 노동이 신령스러울 뿐이다
살인폭염에 지칠 때도 되었건만
어둠속을 꼬물꼬물 밭고랑 떠날 줄 모르는
땅의 여자

눈길

하늘이 무슨 조화를 부렸던 것인지
2014년 2월 영동지방에는
근 열흘 동안이나 눈을 퍼부었다
고립된 농촌 힘없이 주저앉는 시설물들
기상관측 이래 최대 폭설이라
TV에서는 연일 공포의 雪景을 보여 준다

영혼까지 맑아지는 새하얀 세상을 보며

1970년대 중반에도
영동지방은 겨울 내내 눈에 덮여 있었다
산 중턱을 타고 출퇴근하는 눈길
총을 메고 전선을 향하는 군인처럼
톱 도끼 삽을 멘 산업용사의 행렬
사택의 개 짖는 소리 아련히 들려오고
눈 위에 쏟아지는 달빛 꿈속의 세계 같다
빙판이 되어버린 눈길 저벅저벅 걸으며
오늘도 용코했으니 기분 좋지?
그럼! 막장이 너무 좋았어, 5일째 아니던가!
석유파동으로 우리가 각광받을 줄 몰랐네!
전쟁 치르듯 치열했던 채탄 작업 이야기

두런두런 나누는 을방 퇴근길
멀쩡히 출근했다 절뚝이며 퇴근하던 길
해마다 꽃상여 몇 차례씩 지나가고
수절하던 과부 떠돌이사내의 감언에 꼬여
머뭇머뭇 눈물 뿌리며 떠나던 길
강릉시 강동면 임곡리 산 25번지
쓰레기*에 묻혀버린 추억 속의 그 비탈길

* 탄광촌이었던 임곡리 산 25번지 일원은 강릉쓰레기매립장으로 가동 중임.

그라인더는 나의 손

내 손이 할 수 없는 일을
그라인더는 힘차게 대신한다
스위치만 켜면 철판을 갈아내고
파이프를 자르고 용접 부위를 말끔히 다듬는다
죽어도 내가 할 수 없는 일
손가락이 잘려도 내 힘으로 어쩔 수 없는 일을
눈도 코도 없는 그라인더는 무슨 무기처럼
날만 들이대면 맹렬하게 해치운다
그러나, 나는 간혹 그라인더를 멸시한다
언제든지 나의 손이 되어 준 임무를 배반할 수 있기에
그라인더와 나의 친교는 핏방울로 변한다
그라인더의 날이 철판에 박힐 때
이미 내 손은 그라인더의 근육이다
모터의 전류가 내 몸의 어딘가 단선을 접합해
드디어 나를 작동시킨다
방전된 정신을 급속히 충전시킨다

트럭

나는 5톤 트럭을 몰고 네 시간 반을 달려왔다
2톤 이상은 과적이다
과적보다 무거운 것은
갑자기 눈발처럼 쏟아지는 잠의 중량

달랑 내 몸 하나 들어가 누울 운전석 뒷자리에
밧줄에서 풀린 잠을 잠시 눕힌다
베개를 깔고 동잠바를 덮어 주고
잠의 살결이 스펀지처럼 가벼워질 때까지
나는 그녀의 보드라운 젖을 만진다
그녀는 내가 지칠 만하면
지방질이 물컹 빠진 젖의 꼭지를
내 메마른 입술에 꼭 한 번씩 물려준다

밤 깊은 고속도로 휴게소,
배식대를 빠져나온 나를 닮은 사내들이
그녀의 젖에서 흘러나온 구수하고 따끈한 숭늉을 마신다
고장난 후미등에 매달린 이빨들이
함부로 열리지 않도록
이쑤시개를 물고 단단하게 잠긴 입술들

아직 갈 길은 먼데
트럭 위에는 벌써 한 짐 가득 눈이 쌓였다

유리

늘은 주모가 혼자 있는 포차에서
막걸리를 마셨습니다.
포차 고양이는 주모보다 더 늙었습니다.
내리는 비가 막걸리라면 세상은 막걸리로 변하고
나는 포차에 오지도 않았을 겁니다.
막걸리를 마시고 늙은 주모는
아랫집 쌍둥이 엄마 끼가 장난이 아니라고 흉을 봅니다.
불투명한 비는 내립니다.
막걸리가 투명했다면 막걸리는 사라지고 없을 겁니다.
막걸리가 갑자기 투명해지기 시작합니다.
늙은 고양이의 눈이 어느 순간 유리알처럼 빛납니다.
늙은 주모의 취한 눈빛은 유리창에 낀 성에 같습니다.
포차는 투명한 유리상자입니다.
유리를 더럽히는 빗물을 깨끗이 닦아봅니다.
깨어진 유리상자에서 빗물이 흘러내립니다.
빗소리, 빗소리, 빗소리뿐인 적막마저 차갑고
어디에서 차가운 비단뱀이 살고 있는지
한입에 비에 젖은 어둠을 집어 삼킵니다.
그 몸부림에 유리가 깨지고 빗물도 어둠에 깨어집니다.
깨어지지 않는 유리는 유리가 아니겠지만
인간은 반드시 깨어지지 않는 유리를 만들어내고 말 겁니다.

그러면 나는 투명하게 다시 태어날지도 모릅니다.
그땐 늙은 주모와 함께 어떤 막걸리를 마셔야 하나요?
늙은 주모와 늙은 고양이의 가족적인 관계도 끝나고
막걸리와 나의 사회적 관계도 형편없이 끝날 것입니다.
비는 점점 세차게 내리고 질흙 같은 어둠 속에서
깨진 유리조각으로 손목을 긋고 싶은 사람은
유리를 깰 수 없어 그땐 정말 어떡하면 좋은가요?

저항

금방 배설한 배설물이 아니다

배설한 지 두어 달쯤이나 되어 보이는
한때는 여름 땡볕에 말려지기도 했다가
한때는 소낙비에 흠뻑 젖기도 했다가
한때는 장마철 습기에 부패되기도 했다가
이제는 퍼질러질 대로 퍼질러진 배설물이다

그 언뜻 보아 진기 없는 듯 보이는 말똥
한복판을 뚫고 들어가
코를 들이밀고 입을 박아
둥글둥글 먹거리를 만들어
밀고 가는 말똥구리의 땀 젖은 뒷발질!

뒷발질은 지금 풀숲에 숨겨놓은 작은 집으로 간다

새

제 날고 싶을 때
곧바로 날갯짓 하는
저 작은 둥지의 가녀린 새

그러나,
함부로 그 날갯짓 하지 않는다

제 낳은
새알 하나의 무게에
웅비의 슬픔을
달 줄 아는 새만이

제대로
저 하늘로
날아가는 법을 안다

정월보름달

이제는 더 이상
너는 내 꿈이 아니다.
사무치게 그립지도 않고
뛸 듯이 기쁘지도 않다.

아직은
된서리 꽂히어 오는 겨울!
내 가슴 속 깊은 계수나무
도끼날에 찍히는
아픔만이 있다.

봄바람이
된서리 녹이고
날이 선 도끼날
무디어지면은

계수나무 아래
떡 절구통 하나 새로이 놓으리라.
옥토끼 한 쌍 불러들여
떡방아 절구질 다시 하리라.

한 세상
봄을 기다리느라,
나의 떡 절구통에
슬픔만 가득 담아 놓았다.

손

텅 빈 손. 잘라버리고 싶은 손. 이 손 잡고 있던 친군 어디로 갔나. 감촉만 살아 있네. 숨결도 없이 입김도 없이 촉감만 붙잡고 있네. 이 손을 어떡하나. 떨어진 손. 굳게 쥘수록 헤매는 손. 손을 보내야 하네. 움츠리는 손. 누구에게도 내밀 수 없는 손. 밤마다 혼자 떠도는 손. 손을 버려야 하네. 눈물에 빠진 손. 뼈만 남은 손. 바다에 갔으나 빠뜨리지 못했네. 빈소에도 떼놓지 못했네. 그날에 멈춘 손. 이 손. 꼭 잡아라, 꼭. 허공만 움켜쥐는 손. 한꺼번에 평생을 살은 손. 네 손, 내 손.

흰, 신

나는 내가 신을 신고 댕기는 줄 알았는디이.
어느 날 보니께 신이 나를 지고 다니는 거시여.
쉬는 참에 벗었는디 고것들 어깨에 핏물이 들었더라고.
평생 얼매나 무겁고 힘들었을까이.
험헌 시상 신통히도 견뎠구나 싶더랑게.
그짝부텀여, 신고 벗고 할 적마다 신께 빌었제.
고맙구만이라, 오늘도 편허니 잘 살았십니다.

동네 초입에서 태워지는 흰 신,
할매 태우고 승천 중이시다.

통쾌한 민주주의가 유유히

네댓 살 아이가 촛불 들고 "박근혜는 퇴진하라!"
발갛게 상기되어 온몸으로 솟구칩니다.
아이가 퍼뜨리는 저 숨결로 깃발들은 으르렁거리고
광장도 이리 들썩 저리 들썩 뜨겁게 달궈집니다.
당당한 촛불들로 증폭된 광장의 포효는
삶과 죽음의 안타까운 경계마저 허뭅니다.
노란 분루 머금고 삼백넷 영령도 합류합니다.
독재자가 압살한 통곡의 목숨들도 한 뜻입니다.
산 자와 죽은 자가 한꺼번에 벅찬 분노 내지릅니다.
이제껏 이 땅에 이런 주권 없었습니다.
평화를 밝히고 광장을 나눠준 촛불은
사람들 가슴에 들어가 불타는 양심이 되었습니다.
무리가 되어 일렁거리는 노도의 촛불은
평생토록 꺼지지 않을 민주가 되었습니다.
모멸과 굴종을 벗고 뜨거운 역사가 되었습니다.
부패한 반민주가 항복의 백기 꺼내듭니다.
끈질긴 독선과 불통이 마침내 거꾸러집니다.
광화문에서 대한문까지 찬란하게 지펴오는
민주정의가 환희의 물꼬를 터뜨립니다.
손에 손잡은 가족들이 정겹습니다.
노란 선 사이에서 키스하는 연인들이 달콤합니다.

어묵과 커피 파는 청년들이 환합니다.
여기는 비로소 민주세상, 해방구입니다.
광장은 무혈혁명축제를 만끽하는 중입니다.
반민주, 반민중, 반역사는 더 이상 없습니다.
완전히 아웃입니다. 비굴을 강요하면 또 터집니다.
백만 이백만의 촛불은 언제든 타올라
닥쳐오는 모든 능멸 찢어버릴 것입니다.
통쾌한 민주주의가 유유히, 내일로 진격하고 있습니다.

가을마당의 이불 홑청처럼

아버지가 허물어진 담장을 따라
함석대문 사이로 빠져 나간 흰 거위 떼
무슨 정신머리 나간 짓인지
허연 광목천을 자꾸만 물고 나와
여싯여싯 어떤 말을 하려고 하지만
몇 번의 발길질에 허방치고
붉은 꽈리 불면 귀 달린 뱀이 나온단다
당신 말씀에 발이 걸리적거린 듯
또 넘어지고
'내 어깨가 왜 이런다냐' 가위 눌려
뒤뜰 대나무들은 긴 다리를 들며
허청허청 걸어가는데
어머니요, 어머니요, 흔들어 깨워도
손가락 하나, 까딱할 수 없더란다
이 세상 한 귀퉁이에 얌전한 햇살같이
죽은 듯 낮잠에서 깨어나서 묻는다
'내가, 왜 이렇게 오래 산다냐?'
가을마당의 이불 홑청처럼, 어머니는
하루 종일 늙어 가신다

문수사

황간역을 지났다
가을볕 좋고 문수사 가는 길이다

49번 지방도로
은행 알 줍는 나이든 내외
가던 길 멈추고 얄궂게 쳐다본다
안 본 척, 못 본 척한다

톡톡, 10월 단풍이
꽃보다 붉어지는 이때
누군가는 저 들녘을 모른 척 등지리라

옛적에, 영동사과처럼
뺨이 붉던 그이

갈 수 없는 나라*

팽목항을 다녀온 이후에도 나는
똥을 누고, 밥을 먹고, 연애를 했다
아이들이 보낸 마지막 문자
'엄마 사랑해'를 떠올리면서
바다 속 지문이 새겨진 소금문자를
옛 애인에게 복사해서 보냈다
최순실과 안종범 수석은 서로 모르듯
팽목항에서 유족들의 배식을 받으며
내 죄를 곱씹어 먹었고,
누군가 내 얼굴만 봐도 모른다 했고
그 후 여러 날 또, 침몰한 배의
녹슨 쇠가 쇠를 서로 파먹듯
목포의 먹갈치횟집을 찾아다니며
갈치생선 살을 발라 먹었고
베드로가 닭이 울기 전
세 번 모른다 했듯
나 또한 끝내 부정하리라
7시간** 동안 너희는 어디에 있었느냐

* 갈 수 없는 나라 - 조해일 소설에서 빌려옴
** 2014년 4월 16일 오전 10시~오후 5시 박근혜 대통령 7시간

조선파

쓰러지면 일어서고
일어섰다 또 쓰러져
피 토하는 절망 이겨내는
이 땅의 백성을 닮은 조선파
동토의 얼음 빛 세상에 놓여
죽음의 수렁으로 빠져들어도
뜨거운 심장 소리 멈춰지지 않고
작은 뿌리들은 하나로 똘똘 뭉쳐
떼거리로 달려드는 칼바람 이겨내고서
낯간지러운 한 줌 햇살에도
세상으로 내미는 파란 미소를 봐라

칼바람일수록 심장 소리 뜨거워지는 거
시련 깊어질수록 가슴 속은 푸르러지는 거
거대한 절망이 밀려와도 당당하게 맞서는 거

골프장에서

— 고깃덩어리

브로커에게 속아 짓다 만 골프장이
포천 바닥에 있다는 소문이 돌자
하이에나 같은 짐승들이 꼬이기 시작했습니다

그냥 먹어 보겠다고 검찰총장을 지낸 놈은
법적인 문제 해결해주겠다고 덤벼들고
골프장 경영 탁월함을 인정받았다며
명문 골프장 만들겠다고 덤벼들고
은행장이라는 놈은 자금줄을 댄다면서
비싼 이자 뜯어먹고 지분도 챙겨 가는 겁니다

자기들끼리 썩은 고깃덩어리 나눠 먹으면서
골프장 공사업체에서 나는 향기로움에 끌려
손만 내밀면 들어오는 눈먼 돈 챙겨 넣고
기름기 반지름한 낯짝으로 미소 짓는 저들입니다

장비 노동자들에겐 공사 끝날 때까지 굴착기 쓸 테니까
한 달에 수십만 원씩 바치라고 노골적으로 손 내밀고
일당 오만 원짜리 일용직 잡부가 작업일지에는
일당 십만 원으로 적혀지고 있으니
잡부 인력이 하루에 수백 명 굴착기 수십 대에서

뜯어 처먹는 돈이 얼마나 달콤했을까

등쳐먹는 거 보고 배운 아랫것들은
자재 구매하면서 단가 속여 뜯어먹고
용역 인력 숫자 속여 뜯어먹고
오입질 하고 싶으면 거래처 불러다
술자리 만들면서 뜯어먹는 골프장 공사판입니다

뜯어먹지 못하는 놈이 병신인 골프장에서
일용직 잡부도 뜯기는 골프장에서
썩지 않고 멀쩡한 것은
우리 입에서 나오는 욕지거리
역겨워 팔뚝질 하며 쏟아지는
욕지거리밖에 없구나

한탄강 6

굽이쳐 흘러가는 곳은
강이 다 만나는 바다가 아니라
이 땅의 사람들 가슴 속마다
기억되는 강이 되고 싶은 거다

사람들 가슴 속으로 흐르는 강이 되어
저절로 기대 사는 서로가 되어
세월 속에 같이 묻혀 흘러가서
서로에게 기쁨이 되고 싶은 거다

여울 소리에 햇살이 부서지는 강으로
사람들은 찾아와 머물다 가고
사람들 목소리는 강물이 되어 흘러
강굽이마다 새로운 전설을 만들어서
이 땅의 풀잎 강물 속에 물고기 하나까지
편해질 수 있는 강이 되고 싶은 거다

그래서 여울 소리에 잠이 들고
여울 소리 따라 세월은 흘러
귀밑머리 희어지는 사람들과
곱게 늙어가는 강이 되고 싶은 거다

북정동 사람들

만해의 심우장 보고
만감 어려 나서는데
낡은 담벼락 한 귀퉁이
아름다운 북정마을
안 보면 후회한다고
꼬득꼬득 꼬드기는 말
내려가려던 발걸음은
취한 듯 고불고불 계단길 올라간다.
좁다란 골목길 이쪽저쪽 벽에는
재개발 반대 벽보와 낙서
재개발 하겠다는 죽일 놈들 이름이
서툰 손글씨로 백일하에 드러나고
살벌한 길 비집고 오르는 그 끝
성북동 비둘기가
인사를 한다
언제 화내고 그랬냐는 듯
누덕누덕 북정 카페 앞 노천 탁자에는
구수한 일상이 소주병과 뒹군다
길은 아직 끝나지 않았고

더 높이 올라가고 있는

숨 찬

두 노인

서울 도성 성곽 아래

높다랗게 앉은 북정마을

재개발과 발전의 달콤한 유혹도

그들의 마음을

흔들지 못한다

아름다운 마을이

어디 있어

살고 있는 사람들 마음이

아름다운 게지

지붕은 푹 꺼져 있어도

마음은 비둘기

하늘을 날지

내려가는 큰 길 양쪽

실핏줄처럼 퍼져 있는 골목길

삶의 숨소리

살아온 세월만큼 다진 듯

밀어도 밀려나지 않을

힘찬

북정동 사람들

일만 칠천 원

인터넷 검색창에 일만 칠천 원을 쳐 본다
분당 정자동 이자카야 에비스 병맥주 일만 칠천 원
8kg 수박 1통 일만 칠천 원
최우수등급 등심 100g당 가격 일만 칠천 원
3분 노래하고 오만 원을 받았다.. 1분에 일만 칠천 원
방이동 모듬해물 어묵탕 일만 칠천 원
모 치킨집 프리미어 텐더 요래요래 계산서 일만 칠천 원
굿모닝 에그 마스터 정품 일만 칠천 원

어느 일요일 남편과 둘이 외식
목심 샐러드 스테이크와 고르곤졸라 피자 한 판
삼만 사천 원 일인당 일만 칠천 원
오십대 남자 한 사람 새벽에 몸이 아파 119 불러 병원 행
그러나 밀린 치료비 일만 칠천 원 내지 않으면
접수를 받지 않겠다 하여 다섯 시간 미적거리다 쓰러져
급성 복막염 판정 사흘 뒤 죽었다.
일만 칠천 원
수없이 많은 일만 칠천 원
누군가 즐기고 뱃속을 채우는 사이
누군가의 생명을 빼앗은 일만 칠천 원
먹고 즐기는 것도 부끄러워 해야 하는 세상

사는 것이 죄가 되는 이런 세상
먹은 것 다 토하고 싶은
이런 이런 세상.

바람만이 아는 대답

— Blowing In The Wind —

서걱대고 먼지 날리는 돌자갈 초원길

어쩌다 만난 사각진 깊은 우물

가던 길 멈추고 물을 길어

긴 홈통에 부으면

낙타, 말, 양떼들이 몰려와 물을 마신다

낙타가 먼저 마시고

말은 저만치 밀려나 있고

양들은 말할 것도 없다

낙타는 큰 덩치만큼 마실 만큼 마신 뒤

천천히 뒤로 물러나 먼 하늘 보고

어슬렁거리던 말이 다가와 물을 마신다

먹을 만치만 먹으니 너도 나도 먹는구나

시키먼 뱃속 우리는

누군가 한없이 배를 채우려

비켜 설 생각이 없으니

누군가는 배를 주려야 한다

발에 채여 들이 댈 틈도 없이

먼발치서 기웃거려야 한다

어울려 함께 무리진 낙타와 말과 양을 보면서

서로 밀치며 물을 마시다

물끄러미 하늘을 보거나

먼 곳을 향하는 낙타의 눈과
긴 목을 보면서
나의 뱃고래는 얼마나 큰지
흠칫 정신 차리고 비켜서기나 하는지
문득문득 하늘을 바라보기나 하는지
산다는 것이 물음으로 가득해지고
바람은 쉴 새 없이 불어간다
바람만이 아는 대답인가.

밥

단식농성 30일차 지회장님
고공아치에 올라 있는 두 노동자
저녁밥을 가지고 가 인사하니
오늘의 메뉴를 묻는다
콩비지찌개. 두부조림. 꼬막무침
입가에 미소를 흘리며
콩비지찌개엔 묵은 김치 송송 다져넣고
비계 두툼한 돼지고기 넣어야 제격이라며
침을 꿀꺽 삼킨다
소시지볶음밥이 생각난다며
녹차를 홀짝 마신다
드럼통에 장작불 활활 타오르고
밧줄을 타고 저녁밥이 허공에 오른다
문화제도 끝나고
몇몇은 눈 위에 포개진 침낭 속으로 들어가고
밤새워 농성장을 지키는 몇몇은 드럼통에 둘러 모여
담배를 피우며 언 발을 녹인다
빈 도시락통 들고 눈길을 걸으며 집으로 돌아오는 길
발바닥이 뜨겁다

풍경 1

배달된 빈 도시락 수북이 쌓인
농성장 한편에서
늙은 노숙자가 고양이처럼
남은 음식을 골라낸다
노숙농성으로 하루에도 수 차례씩
눈빛이 돌아가는 노동자들에게
남은 반찬 없냐며 선한 눈빛을 건넨다

뒤적거리던 나무젓가락 사이로
잘 구워진 동그랑땡
콘크리트 바닥에 동전처럼 굴러간다

아쉬워하는 눈빛들이 한데 모이다
다시 흔들리고
여기저기 매달린 현수막도 바람에 흔들리고
빌딩숲 사이로 썰물처럼 빠져 나가는
수많은 사람들의 마음도 흔들릴까?

흔들리며 비틀대며 겨우 유지되는 세상
소소한 바람에 흔들리는 것들
낙엽처럼 사라지고

납작 엎드린 비닐 천막 속에서
고단한 사내들 코골이 소리 처연하다

제삿날

제삿날
엄마의 영정 사진 볼을 쓰다듬다 멈춘
지문 따라
엄마가 간지럽다며 웃으신다

입술을 문지르자
밥은 먹고 다니느냐며 침을 꿀꺽 넘기신다

파마머리에 손을 얹자
내 새끼 내 새끼
손을 꼭 잡는다

눈을 마주치자 껌벅거리며
그래도 참고 살아야지 어쩌냐며
몇 년째 오지 않는 사위를 찾는다

대추를 털며

내가 아주 어렸을 때만 해도
대추 꽃이 피면 남의 집에 가지 말라는
아지랑이 어지러운 봄날이 있었습니다
가더라도 끼니를 넘겨서 끼니가 되기 전에 돌아오라는
쓰린 종달새 울음이 있었습니다
그러고서 달포나 지나야 깜부기가 바람에 날리고
까끄라기 등 찌르는 보리타작 마당이지요

볼퉁이에 밤톨만한 종기가 성을 내던 밤에
곳집거리 지나 대추가시를 따러 가던
홑저고리 바람 아버지가 있었습니다
무섭고 안쓰러워 눈으로만 따라가던
어린 아들이 있었습니다
나은 볼퉁이가 미어지도록 대추 찰떡을 먹다가
씨 깨문 어금니가 시큰대던
머리에 기계총 번진 겨울도 있었습니다.

이제 그 아들이 아버지가 되고
아버지는 할아버지가 되어 어린 손녀와 대추를 텁니다

햇살 맑은 가을 하늘 아래
때 아닌 우박이 기분 좋게 머리를 때립니다
—아무리 낮은 가지라도 손으로 따믄 안뒤야
　장대로 사정없이 털어야
　내년에도 대추가 제대로 열리는겨
　말허자믄 이것이 전지剪枝여, 전지

아들도 언젠가는 이런 아버지가 될 수 있을는지요
대추나무 한 그루로도 넉넉히
한 세상 품어내는 흰 머리 아버지가
정말 될 수 있을는지요.

단식일기

먼지가 보인다
햇살 비껴드는 오전
누워서 뜨는 눈에 보인다
구식 컴퓨터와 몇 권의 책
넘기지 않은 달력이 거주하는
내 방은 두 평 반
도둑처럼 밤에만 건너와
어둠의 장물을 놓고 소주병을 비우는 곳
지금 보인다
투명한 창 아래
자유보행으로 낙하하는 먼지들
자판과 책갈피와 지나간 날들 위에
은밀하게 쌓이던 굴욕의 비밀
누워서 뜨는 눈에 보인다
사실은
벌건 대낮에
내가 당했다는 것.

묵호항에서

포구에는
여러 겹의 닻줄을 늘어뜨린
달빛이 정박해 있었다
출항하지 않은 배들이 흐느끼듯
어깨를 부딪치고
인적은,
일월의 추운 밤이었다

전대를 찬 여인 하나가
나를 피해 종종걸음을 친다
어시장이 서기엔 너무 일렀으므로
그녀의 발길을 재촉했을 그 무엇을
나는 잠시 생각하였다

오래 걸었다, 절벽이 길을 막고
인적이 깃든 모든 불이 꺼질 때까지
두 병 반의 소주가
이마에서 서서히 걷힐 때까지 ──

이제 돌아가야 한다
견디지 못할 시간의 그물을 걷고

곧 지상의 날들이 귀항할 것이므로
가끔씩 배를 타야 숨통이 트인다는 횟집 주인이
회항의 뱃머리에서 불경기를 걱정할 것이므로
그리고, 달빛이
긴 닻줄을 감아올리며
천천히 서쪽 항해를 시작했으므로.

희망퇴직을 앞둔 선배가 쓰던 기계를 물려받으며

웅크리고 있는 그의 등이 두꺼비를 닮았다

손을 대기만 하면 내가 먼저 움찔할 것 같다

열정만으로는 여기까지 올 수가 없었다고

그의 몸 여기저기 남아 있는 흉터가 대신 말해주고 있다

떠나는 선배나 남아 있는 기계나 서로의 마음을 여는 데는 실패했다

사실 누구라 해도 전해줄 노하우가 없다

그래서 누구나 처음부터 시작하는 것인지 모른다

겨울 속에서

내리는 눈발 속에 묻혀 소식도 없지 뭡니까

기다리는 것이 시간이 되어서는 곤란한 일이지만

간절하게 마음이 바쁜 것은

지워진 길 속에서 어제를 더듬고 있기 때문이겠지요

질퍽한 무릎까지 잠기는 무거운 하루 때문이겠지요

홀로 잠 못 들어 생각나는 얼굴만큼 별을 헤아린 적 있어요

잠에서 덜 깬 비둘기 몇 마리 콕 콕

아침의 평온을 기도 속에 가져오기도 했지만

이런 밤엔 평화를 믿지 않아요

지나간 폭력은 간밤의 눈에 흔적을 지우기도 하겠지만

되살아올 폭력은 눈도 어쩌지 못한답니다

봄이 오기를 기다리는 것은

지긋지긋한 폭력에서 벗어나는 일이기도 하지만

폭력과 날카롭게 마주 서는 일이에요

단단하게 마음을 묶어두지 않으면

이 겨울을 건너지 못할 겁니다 당신도 그렇죠

나처럼 한 장의 유서조차 벅찬

태산보다 무거운 손

한쪽 손 무게만큼 한쪽으로 기운 세상을 보게 될 줄 몰랐다며 웃는 수용이 앞에서는 그 순간만은 하느님도 어쩌지 못하는 시간임을 나는 안다

눈떠 보니 병원이었다는 말보다 이제 프레스 앞에 서지 못할 것 같다는 말이 천근만근의 무게로 네 가슴을 내리찍고 있다는 것을 나는 안다

고비

모래가 운다

네 발로 기어 올라가

모래바람이 토해내는 햇살처럼 부서지다가

여럿이 한 발 한 발 내딛으며 내려오면

낮고 깊은 소리로 모래가 운다

가슴 저 밑바닥 오래 쟁여 있다가 새어나오는 울음 같다

어디서 불어와 여기 쌓이고 있는지

몇 겹의 시간이 이리 장엄한 모래톱을 세운 건지

알 수 없어서 노을처럼 붉어진다

사람이 사람을 그리워하지 않을 수 없는 여기

내일이 없는 여기

살아남는 것이 최고의 가치인 여기

고비를 넘는 것은 고비에게 안기는 일이다

고비의 주름살 속으로 들어가

그 깊고 낮은 울음소리 온몸에 쟁이는 것이다

차마 알 수 없는 것들이 쌓이고 쌓여

부드러운 기적을 이루어 놓았듯

미끄러지고 허물어지는 오늘이

오늘을 씻기고 어루만지는 것이다

가볍게 간절하게

전봇대
― 고비 5

허허벌판
서로 잇대어 의지하고 있는 나무 기둥들
어디서 시작하고 어디서 끝나는지
도무지 짐작할 수 없으나
바람에 저항하면서 나아가는 위대한 사색자들

너와 나, 당신과 당신에게로
이어주는 점, 선들

가도 가도 끝이 없는 벌판을 달리다
세상의 절반이 하늘이고 절반이 땅이다 하는 순간
저 멀리 아스라이 전봇대가 보이면 솜이 멀지 않다고 했다
물과 먹을거리를 살 수 있는
자동차에 기름도 넣을 수 있는
초원의 오아시스, 그러니까 솜의 이정표인
전봇대가 신기루처럼 나타나면

멀지 않다, 당신

수컷을 다루는 법
— 고비 6

검은 개에게
곰같이 덩치 큰 짐승에게
백허그를 받아 봤습니까
난데없이 엉겨 붙어 뒷발로는 허벅지 감싸고
앞발로는 온몸 더듬으며 불끈거리는
발정을 겪어 봤습니까
누구는 심장이 졸아붙어 미동도 못했는데요
누구는 엄마야 기겁하며 소리소리 질렀는데요
그 싱싱하고도 험한 발동이
게르의 아침을 후끈 달궜는데요
아 그녀는
내가 좋아? 좋다구?
담담 태연 녀석의 뒷덜미 어루만져 주지 뭡니까
그래 알았어 이제 가, 살살 달래지 뭡니까
한때 소동이 가라앉고서야
우리는 뒤늦게 알아차렸습니다
날라리 수컷을 다루는 법을

아우게이아스의 축사_{畜舍}를 떠나는 일

이민호 (시인, 문학평론가)

1.

'혼밥'이 유행이다. 혼자 먹는 밥이 얼마나 든든할까. 1인 가구가 느는 실태를 보여주고 있고 해체된 가정 현실을 드러내는 것이리라. 이 자리를 비집고 자본논리는 혼자 밥 먹는 사람들을 겨냥해 상품을 쏟아놓고 있다. 더불어 드라마와 광고가 사람들의 이목을 끌고 그럴듯한 소문을 퍼뜨리고 있다. 원래 인간은 혼자이지 않는가. 실존의 문제에 견주어 보니 그럴듯하다. 하물며 대통령도 혼자 밥 먹기를 즐기고 있다니 A급 인생의 전형처럼 보여 따라쟁이가 되지 않으면 안 될 것도 같다.

혹시, '혼시_詩'가 있다면, 아무도 모르게 다들 혼자 시 쓰고 있는 것은 아닌가. 발터 벤야민은 "혼자 하는 식사는 삶을 힘겹고 거칠게 만들어 버린다(「일방통행로」에서)."고 말한다. 그러고 보니 혼자 시 쓰기를 즐기는 시인들은 신비주의에 빠지거나 원시주의에 집착한다. 이러한 시 쓰기는 때론 '순수(검소)'하다는 인상을 주며 '예술(엄격)적'이라는 환상을 심어준다. 하지만 실상은 '힘겹고 거칠' 따름이다. 이러한 시성은 폐쇄적이며 완고하다. 쉽게 곁을 두지 않는다. 그러므로 내면에서 허우적댈 뿐이다.

벤야민은 "음식은 더불어 먹어야 제격"이라고 재차 말한다. 나누는 음식이 무엇이든 식탁에 함께 앉은 거지가 식사시간을 풍요롭게 만든다고 하니 시의 식탁을 풍요롭게 초대한 사람은 누구여야 하는가. 왜 거지(소수자)와 마주해야 하는지 분명하다. '음식(시)'를 대접함으로써 사람들은 서로 평등해지고 그리고 연결되'기 때문이다.

리얼리스트 100 시인들은 진수성찬으로 차려진 식탁 앞에서 음식(시)를 탐하지 않아도 된다. 대화의 주인이기 때문이다. 음식보다 소통이 맛나다. 각자 혼자 시를 쓰고 일어서는 자리에 경쟁과 싸움만이 어지럽게 남기 마련이다. 그러므로 이 시선집에 실린 상차림은 함께 나누기 위해 차렸다.

2.

리얼리즘을 지향하는 시인들은 오해 받기 십상이다. 혹은 스스로도 오판하고 있는지도 모른다. 신념으로 가득 찬 면모가 떠오르기 때문이다. 19세기 파리의 거리를 거닐며 스스로를 '역사의 쓰레기 더미를 뒤지는 넝마주이'로 자처했던 벤야민의 말을 빌리면 "삶을 구성하는 힘은 신념이 아니라 사실이다." 그처럼 이 시선집을 꾸민 동력은 신념이 아니라 오늘 우리가 살아내는 현실이다. 그러므로 몇 개의 개념과 논리 속에서 리얼리스트 100의 시힘을 찾으려 한다면 이 식탁에 초대받지 못할 것이다. 예를 들어 '노동', '진보', '혁명' 등의 개념으로 이 시선집의 시들을 단정한다면 '혼시'를 읽은 것과 다를 바 없다. 적어도 여기 실린 시편들은 옷 '주름'처럼 고정돼 있지 않아 움직일 때마다 꿈틀대는 이미지의 다발을 내어놓고 있다. 시간이 필요하다. 시를 나누며 오래 대화하는 가운데 맛을 음미해야 한다. 이들이 넝마주이를 마다하지 않고 현실에서 건져 올린 이미지를 곱씹으면 의미는 생성된다.

#차림1 : 상실감을 상실하는 나무가 되는 꿈, 돌아오지 못하고 잠든 사람들의 깊은 눈빛, 햇살 받지 못한 그늘진 곳에서도 속절없이 발갛게 피어오르는 꽃, 목련나무에 긁힌 장롱에서 나는 목련꽃향, 일한 만큼만 버는 아주 지루한 손, 제 낳은 새알 하나의 무게에 옹비의 슬픔을 달 줄 아는 새, 함석대문 사이로 **빠져** 나간 흰 거위 떼 모두 역설과 아이러니로 삶을 구성하는 방법이다. 상실, 침묵, 그늘, 상처, 무지, 헌신 속에서 꿈을 꾸고, 깊어지고, 꽃을 피우며, 향기를 담고, 생명의 일관성을 깨닫고, 슬픔을 견디는 것이다. 리얼리스트가 내오는 전채는 비릿하지만 따뜻하다 ― 김은경, 김인호, 김진수, 서수찬, 이명윤, 정세훈, 정하선의 시

#차림2 : 대못 박힌 발바닥, 주눅 들어 파리해진 입술, 도시 뒷골목을 서성이는 맨발, 수장당하고 벌거벗은 몸의 이미지는 모두 여성들이다. 사회적 소수자로서 해체되는 주체와 연관되어 있다. 환상처리된 레시피는 그로테스크 리얼리즘의 일환이다. 그만큼 전위적이며 풍자적이다. 전채 후에 나오는 강렬한 미각을 맛보아라. 몸서리칠 것이다. ― 김희정, 라윤영, 박승민, 박시우, 유현아, 이설야의 시

#차림3 : 시인이 처한 현실이 불안에 싸인 사회현실과 연관되어 있다. 강원도 시골학교 음악교실, 김해공장 마당, 목감기 달고 미친 놈처럼 나가는 광장, 택지개발지구 시멘트 담장, 출근길 전철 안, 옛 탄광촌 쓰레기매립장, 브로커에게 속아 짓다만 골프장이 있는 포천 바닥, 재개발 예정지, 두 노동자가 올라 있는 고공아치, 햇살 사이로 먼지 비껴드는 골방은 핍진한 현실이 구성한 삶의 공간이다. 강렬함에 이끌렸던 혀를 말끔히 헹구어낼 맛이다. 분명한 맛이다. ─ 권혁소, 김용만, 김응교, 남상규, 박일환, 이한걸, 조광태, 조영옥, 조혜영, 최용탁의 시

#차림4 : 자궁암을 앓을 때 빠져 나온 발아하지 못한 씨앗의 동공, 금간 유리창 너머로 파래자국 얼룩진 부표, 벗어날 수 없었던 바퀴의 그늘, 낮달처럼 둥글게 말린 등, 구부정한 다리 하얗게 센 꼭뒤, 백 하고도 한 살 더 먹은 치매와 걷는 이 세상, 시간의 천장에 매달린 물방울, 바람에 저항하면서 나아가는 위대한 사색자. 조금 더 시인에게 밀착되어 그들 내부에서 뽑혀져 나온 표징이다. 개인적 이미지가 언제 사회현실과 만날 수 있을까 기다릴 필요 없이 이미 그 안에 사회를 안고 있다. 좀더 깊은 맛이다. 구체적 공간을 넘어 확장되는 아우라들. ─ 고영서, 김일영, 박경희, 신경숙, 이명희, 이민호, 이언빈, 함순례의 시

#차림5 : 희뿌연 새벽을 견인했다, 풀 먹어 잘 구겨지지 않는 벽지를 접었다, 끊어진 필라멘트는 울먹거릴 힘조차 없는지 뜨겁던 날들을 거부한다, 지워지지 않으려 이 악무는 마지막 연민까지 세차 솔바꿔가며 깨끗이 닦았다. 견인하고, 접고, 거부하며, 닦는 행위로 구

체화된 저항의 맛. 든든하다. 육즙이 한 입 가득하다. ─ 김요아킴, 문동만, 박순호, 유종의 시

#차림6 : 그리고 죽은 자 앞에 바쳐진 긴 긴 노동을 기리며, 우리는 괜찮은 진보주의자들이다, 노동과 포르노는 분리가 되지 않는다, 누구나 여덟 발자국만 걸으면 다른 세상에 닿을 수 있다, 인간은 반드시 깨어지지 않는 유리를 만들어내고 말거다, 통쾌한 민주주의가 유유히 내일로 진격하고 있다, 지나간 폭력은 간밤의 눈에 흔적을 지우기도 하겠지만 되살아올 폭력은 눈도 어쩌지 못한다, 되뇌는 아포리즘. 입 주위에 묻은 것을 말끔히 훔치고 이제 의연히 일어서 발터 벤야민이 머물렀던 역사의 쓰레기장 아우게이아스 식당을 나서야 한다. ─ 김해자, 김정원, 백무산, 송경동, 임성용, 정우영, 표성배의 시

어디서 무엇을 먹든 상관이 없다. 누구와 밥을 먹을지 생각하는 나날은 시를 쓰는 것처럼 설레기도 하고 엄숙하기도 하며 결연하기도 하며 서럽고 흐뭇하기도 하며 다가올 내일에 가슴 벅차기도 하다. 그만큼 이 시선집은 맛이 각양각색이다. 차림대로 읽을 필요는 없다. 입맛에 맞지 않을 수도 있다. 시는 계륵과 같이 목구멍에 걸려 있다. 이 시선집을 읽으며 넘길 수도 뱉을 수도 없는 때에 컥컥 목이 메는 순간이 있기를 바란다.

3.

언제부턴가 우리는 개돼지로 살고 있다. 누군가 그렇게 말했다. 경쟁에 찌든 혼밥이 되었건 평등한 식탁이었건 지금 시인들은 '아우게이아스의 축사畜舍'에 있다. 벤야민이 일방통행로에서 식사했던 셀프서비스 레스토랑 이름이 '아우게이아스'다. 의미심장하다. '아우게이아스'는 그리스 신화에 나오는 엘리스 왕의 이름이다. 그는 가장 많은 가축들이 있는 외양간을 가졌지만 영웅 헤라클레스가 청소해줄 때까지 30년간이나 청소를 하지 않았다고 한다. 혼자 밥 먹는 일은 외양간의 우수마발처럼 아무 대화 없이 먹는 것에만 집중하는 일이다. 그곳은 역사의 쓰레기장 같은 공간이다. 그곳에서 우리는 어떤 삶의 의미를 찾고 이야기하고 미래를 꿈꿀 수 있는가. 리얼리스트는 영웅을 기다리지 않는다. '아우게이아스의 축사'를 청소하는 일은 헤라클레스의 과업일 뿐이다. 리얼리스트가 시를 쓰는 일은 개돼지라 호명되어도 과감히 축사를 뛰쳐나오는 행위라 할 수 있다. 리얼리즘은 휴머니즘이다. 이 시선집은 공통의 하늘을 이고 차일 친 잔칫상이어도 좋다. 이집 저집 상들이 네발 달려 걸어왔을 것이다. 키가 작아도 빛나도 귀퉁이 깨어져도.

고영서
2004년 『광주매일』 신춘문예로 등단. 시집 『기린 울음』, 『우는 화살』이 있다.

권혁소
1984년 『시인』, 1985년 『강원일보』 신춘문예 당선으로 등단. 시집 『論介가 살아온 다면』, 『수업시대』, 『반성문』, 『다리 위에서 개천을 내려다 보다』, 『과업』, 『아내의 수사법』이 있다.

김요아킴
2003년 『시의나라』와 2010년 『문학청춘』 신인상으로 등단. 시집 『가야산 호랑이』, 『어느 시낭송』, 『왼손잡이 투수』, 『행복한 목욕탕』이 있다. 현재 청소년 문예지 『푸른글터』 편집주간을 맡고 있다.

김용만
〈일과 시〉 동인

김은경
2000년 『실천문학』 신인상을 받았다, 시집으로 『불량 젤리』가 있다. 2016년 경기 문화재단 문예진흥기금을 수혜했다.

김응교
1990년 『한길문학』 신인상으로 등단. 시집 『씨앗/통조림』, 저서 『처럼 ─ 시로 만나는 윤동주』, 『곁으로 ─ 문학의 공간』, 『그늘 ─ 문학과 숨은 신』 등이 있다.

김인호
『문학세계』 신인상으로 등단. 시집 『섬진강 편지』, 『꽃 앞에 무릎을 꿇다』 등이 있다

김일영
2003년 『한국일보』 신춘문예로 등단. 시집 『삐비꽃이 아주 피기 전에』가 있다.

김진수
2007년 『불교문예』로 등단. 2011년 『경상일보』 신춘문예 시조 당선, 2011년 『현대시학』 시조 등단.

김정원
2006년 『애지』로 등단. 시집 『줄탁』, 『거룩한 바보』, 『환대』, 『국수는 내가 살게』
가 있다.

김해자
1998년 『내일을 여는 작가』로 등단. 시집으로 『무화과는 없다』, 『축제』, 『집에 가
자』, 산문집으로 『내가 만난 사람은 모두 다 이상했다』와 민중구술자서전 『당신을
사랑합니다』 등이 있다.

김희정
2014년 『내일을 여는 작가』 신인상으로 등단.

남상규
부천노동자문학회에서 활동. 2011년에 『리얼리스트』로 등단.

라윤영
2014년 『시선』으로 등단.

문동만
1994년 『삶 사회 그리고 문학』 창간호 작품 발표, 시집으로 『그네』 등이 있다.

박경희
2001년 『시안』 신인상으로 등단. 시집 『벚꽃 문신』, 산문집 『꽃 피는 것들은 죄다
년이여』, 『쌀 씻어서 밥 짓거라 했더니』, 동시집 『도둑괭이 앞발 권법』이 있다. 제3
회 조영관문학창작기금을 수혜했다.

박순호
2001년에 『문학마을』로 등단. 시집 『승부사』, 『헛된 슬픔』 등이 있다.

박승민
2007년 『내일을 여는 작가』로 등단. 시집 『지붕의 등뼈』, 『슬픔을 말리다』가 있다.
제2회 〈박영근작품상〉 제19회 〈가톨릭문학상신인상〉을 수상했다.

박시우
1989년 『실천문학』에 집단창작시 발표, 2009년 『리얼리스트』 창간호에 작품을 발
표하며 활동 재개, 시집 『국수 삶는 저녁』이 있다.

박일환
1997년 『내일을 여는 작가』로 등단. 시집 『푸른 삼각뿔』, 『끊어진 현』, 『지는 싸움』,

동시집 『엄마한테 빗자루로 맞은 날』, 청소년시집 『학교는 입이 크다』가 있다.

백무산
1984년 『민중시』를 통해 작품활동 시작, 시집 『만국의 노동자여』, 『폐허를 인양하다』 등이 있다.

서수찬
1989년 『노동해방문학』에 시를 발표하며 작품활동 시작, 시집으로 『시금치 학교』가 있다.

송경동
2001년 『실천문학』을 통해 작품활동 시작. 시집 『꿀잠』, 『사소한 물음들에 대해 답함』, 『나는 한국인이 아니다』. 산문집 『꿈꾸는 자 잡혀간다』 제16회 고산문학상, 제15회 아름다운 작가상 수상.

신경숙
2009년에 〈민들레문학상〉을 수상했다.

유종
2005년 광주전남작가 신인 추천 및 『시평』 여름호를 통해 작품 활동 시작.

유현아
2006년 제15회 전태일문학상 수상으로 등단. 시집으로 『아무나 회사원 그밖에 여러분』이 있음. 제4회 조영관 문학창작기금을 수혜했다.

이명윤
2006년 전태일문학상에 「수화기 속의 여자」외 6편이 당선. 2007년 계간 『시안』 봄호에 「돌 하나를 집어 드니」 외 4편을 발표하며 작품 활동을 시작했다. 〈수주문학상〉, 〈민들레문학상〉, 〈구상솟대문학상〉 등을 수상했으며, 시집 『수화기 속의 여자』를 펴냈다.

이명희
1997년에 『처음처럼』에 시를 발표하며 활동 시작. 시집으로 『아름다운 파편』이 있다.

이민호
1994년 『문화일보』로 등단. 시집 『참빗 하나』, 『피의 고현학』이 있다.

이설야
2011년 『내일을 여는 작가』 신인상을 수상하며 작품 활동을 시작, 시집으로 『우리는 좀더 어두워지기로 했네』가 있다.

이언빈
1976년에 『심상』으로 등단. 시집 『먹황새 울음소리』가 있다. 대한민국문학상을 수상했다.

이한걸
1998년 『경남신문』 신춘문예 당선으로 등단. 시집 『족보』가 있다.

임성용
1992년 『삶글』을 통해 등단. 시집 『하늘공장』, 『풀타임』이 있다. 제11회 전태일문학상 수상.

정세훈
1989년 『노동해방문학』으로 등단. 시집 『맑은 하늘을 보면』, 『저 별을 버리지 말아야지』, 『나는 죽어 저 하늘에 뿌려지지 말아라』, 『부평4공단 여공』 등이 있다.

정우영
1989년 『민중시』에 시를 발표하며 등단. 시집 『마른 것들은 제 속으로 젖는다』, 『집이 떠나갔다』, 『살구꽃 그림자』가, 산문집 『이 갸륵한 시들의 속삭임』이 있다.

정하선
1993년 『무등일보』 신춘문예로 등단. 시집 『꼬리 없는 소』가 있다.

조광태
『강원작가』로 등단. 시집 『철조망 거둬내서 농로 하나 내면』, 『한탄강』 등이 있다.

조영옥
1990년 시집 『해직일기』로 작품활동을 시작. 시집 『멀어지지 않으면 닿지도 않는다』, 『꽃의 황홀』, 『일만칠천 원』이 있다.

조혜영
인천노동자문학회에서 활동했으며, 2000년 제9회 전태일문학상을 수상했다. 시집으로 『검지에 핀 꽃』, 『봄에 덧나다』가 있다.

최용탁
2006년에 단편소설로 〈전태일문학상〉을 수상하며 등단. 소설집 『미궁의 눈』, 『사라진 노래』, 장편소설 『즐거운 읍내』, 산문집 『아들아, 넌 어떻게 살래?』 등이 있다.

표성배
1995년 제6회 〈마창노련 문학상〉으로 등단. 시집 『은근히 즐거운』, 『기계라도 따뜻하게』, 『기찬 날』, 『공장은 안녕하다』, 『개나리 꽃눈』, 『저 겨울산 너머에는』, 『아침 햇살이 그립다』가 있다.

함순례
1993년 『시와 사회』로 등단. 시집 『뜨거운 발』, 『혹시나』가 있다. 한남문인상 수상.